ZUN

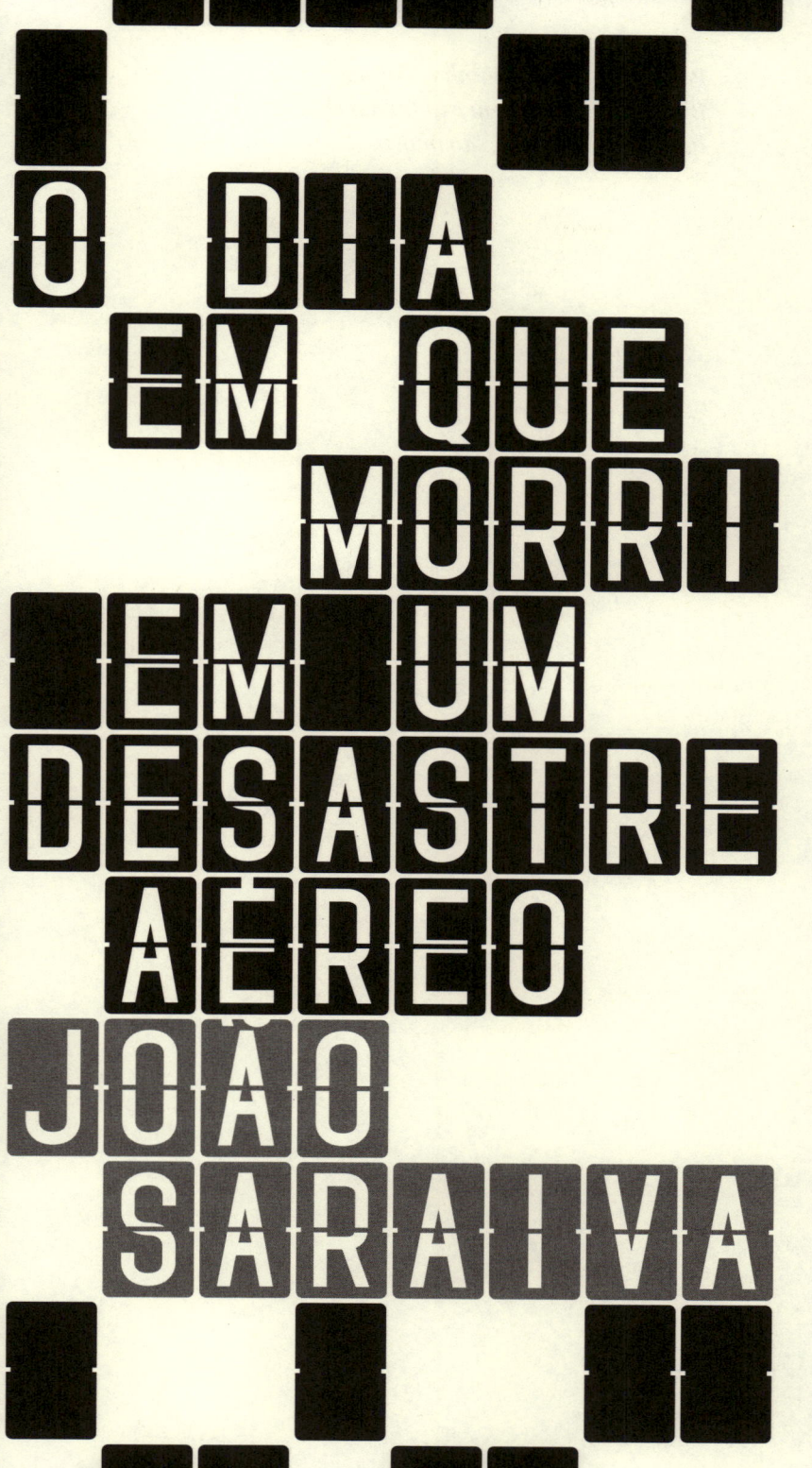

*Para Margarida, Xininha, Tutuca,
Bia, Flor, Miguel, Beni e todas as crianças
que, sendo crianças, são imortais.*

"Em verdade, em verdade, vos digo: se o grão de trigo, caído na terra, não morrer, fica só; mas, se morrer, produz muito fruto."

Giovanni 12:24

Quando vi na reportagem que um livro tinha sobrevivido ao acidente que me matou, por assim dizer, escrevi mentalmente: "Kafka tem o casco duro". Procurei o celular no bolso direito do casaco, no esquerdo, na calça. A mensagem estava na cabeça, pronta para ser publicada numa rede social qualquer, mas cadê o telefone? De teimoso, fui ao banheiro para tirar a roupa por completo, até as meias; e só aí, com a verdade inexorável da nudez, me convenci de que tinha sido furtado no aeroporto em Madri.

As televisões do saguão não paravam de reprisar: "Avião da T* cai e mata todos os passageiros". Entre os escombros, um livro famoso (o detalhe do livro só fora mencionado numa reportagem, falta lirismo no jornal). Finalmente alguém percebeu que era desagradável ver uma notícia de avião caindo em pleno aeroporto e trocou a programação por clipes de música. Fui ao guichê da empresa aérea. A imprensa se esgueirava, viajantes guiavam seus carrinhos sem norte. Perguntei à moça com olhos de texugo se era possível remarcar o voo, mas quando disse que se tratava de embarque para Giovani M., ela me apresentou o incorrigível motivo da impossibilidade: eu havia morrido na queda.

— *Pero yo he perdido el vuelo.*
— *No comprendo, señor* (meu espanhol deprimente).
— *I was not there.*
— *Sorry. But it's written here. You were there.*

Desculpe, mas estava escrito ali. Em dois idiomas distintos, eu estava morto. E sem celular.

Se a companhia aérea nem conseguia manter seus aviões no ar, como saber o que fazer de mim? Não podia despachar para o Brasil um cadáver maquiado, vestido com toda a autoridade de um defunto, num daqueles terninhos da primeira fase dos Beatles, rijo, de cabelo cortado e perfumado pela coroa de flores. Não podiam fazer isso porque o defunto se mexia, falava, reclamava alto. A companhia aérea não tinha um setor para acomodar pessoas que deveriam estar mortas. Por isso, optou por me esconder em uma sala de atendimento sem placa na entrada.

Sentado numa cadeira vermelha, no escritório típico de repartição pública, com um bebedouro e uma mesa birô, me deparei com um velho conhecido: o Sistema. Pessoas que fazem o que faço precisam do Sistema como um peixe que nada com os tubarões para comer os restos. Sou publicitário. Comecei na carreira nos anos 1980, época da redemocratização e, em menos de dez anos, talvez por falta de mão de obra especializada, já trabalhava no primeiro escalão das equipes de *marketing* eleitoral. Aprendi por força do ofício a usar o Sistema. A usá-lo bem usado, na hora de respeitar e na hora de burlar. Graças a esta habilidade, sustentei a família, fiz dinheiro e me tornei alguém que podia, aos 45 anos, gastar alguns euros em viagens como aquela. Portanto, por mais que me chamassem de "empresário de propaganda", ou de "homem de negócios", eu sabia que, no fundo, era apenas um operador do Sistema. Quase um desses rapazes que cuidam das redes de informática, com seus crachás pendurados na altura do ventre.

Finalmente entrou o espanhol pela porta, com o semblante cheio de responsabilidades. Percebi, sem querer, que ele forçava a barriga para dentro.

— *Hola. Señor Giovani*?
— *Sí*.
— Tenho alguns procedimentos a realizar com o senhor. (Disse ele, pelo que entendi do espanhol).
— Pelo que me consta, o senhor perdeu o voo, é isso?
— Isso.
— Por que o senhor perdeu o voo?
— Porque não cheguei a tempo.
— O senhor está ciente de que perder o voo é responsabilidade única do passageiro?
— Sim.
— O senhor está ciente de que deveria ter chegado duas horas antes para o *check-in*?
— Neste caso, fico feliz de ter me atrasado. O avião caiu.
— O senhor precisa assinar esta declaração, se responsabilizando por ter perdido o voo.
— Certo.

— Agora, temos de esperar a aeronave chegar no destino para validar o despacho do comandante e confirmar sua declaração.
— Mas o avião caiu.
— Como?
— O avião de vocês caiu. Não vai chegar em Guarulhos.
— É verdade. Permita-me falar com meu gerente.
 Havia duas hipóteses: ou aquele era o protocolo da companhia aérea para situações de crise, ou não havia protocolo. O fato é que eu já tinha perdido alguns voos na vida e nunca fui submetido a um questionário em sala de acesso restrito. Momentos depois, o espanhol voltou com seu superior portando um beligerante bigode, como Tom Selleck em *Magnum*.
— Senhor, desculpe o constrangimento. *Estaremos fazendo* um procedimento diferente (ele não usou este tempo verbal dos operadores de *call center*, mas gosto de contar como se tivesse usado). *Estaremos fazendo* um procedimento diferente para *estarmos avalizando* o que o senhor *esteve assinando*.
— O.k.
— No caso, vamos abrir mão da validação do comandante. O chefe de pista da companhia vai assinar assim que estiver voltando do almoço.
— Até porque o comandante morreu na queda, não é?
 Os dois saíram da sala. Antes, o superior acenou para o subalterno passando uma espécie de comando com os olhos. Eu percebia pelos ruídos abafados que eles conversavam do lado de fora da porta, e Tom Selleck não voltou mais. Veio apenas o outro, trazendo uns papéis de formulário.
— Senhor, vamos simplificar os procedimentos diante dessa situação extraordinária.
— Agradeço.
— O senhor terá de assinar esta breve declaração.
— Posso ler?
 Na declaração, depois de dois parágrafos, eu deveria afirmar que estava vivo.
— Estou declarando aqui que estou vivo?
— Exato.
 Assinei no lugar do "x".

— Obrigado, senhor Giovani. Agora, para *estarmos concluindo* rapidamente, *estaremos precisando* de apenas algumas testemunhas.
— Que atestem que estou vivo?
— Sim.

O espanhol saiu da sala para realizar o procedimento seguinte e eu fiquei mastigando minha própria língua, de modo a atestar por testemunho que ela, a minha língua, também estava viva. Peguei alguns copos de plástico que desceram como bailarinas por uma máquina extravagante. Enchi-os de água e bebi. Seiscentos anos depois, o rapaz voltou.

— Gostaríamos de saber se o senhor *estaria tendo* uma testemunha.
— Estou sozinho na Espanha. E ainda mais sozinho nesta sala.
— Vou ver o que posso *estar fazendo*.

Três mil anos depois, voltou com outros dois funcionários da empresa. Eu rasgava os copos em nacos e cuspia seus restos no chão. Os funcionários testemunharam por escrito que eu estava vivo, olhando uns para os outros, como quem faz uma molecagem.

Questões burocráticas dessa natureza me lembravam da minha filha, Giulia. Ela estava sempre indisponível para resolver coisas do mundo real, como se tudo aquilo que pertencesse ao Sistema fosse dispensável. Travei algumas batalhas ao longo dos anos tentando lhe explicar, basicamente, que o curso de inglês e as festinhas que ela frequentava, ambos, eram pagos com os lucros desse mesmo mundo real, no qual eu atuava com as mãos e, às vezes, com os pés. Mas isso tinha ficado para trás. Ela me amava e ia se formar em direito. Não era pouco.

O funcionário disse, com um semissorriso, que já estava tudo pronto. Aquela declaração aferia que eu estava de fato vivo e, por conseguinte, eu não seria mais arguido sobre esta questão (a de estar vivo).

— Por favor, você pode *estar se dirigindo* ao guichê de atendimento. E, se quiser, pode *estar ligando* para alguém por conta da companhia.

Ao sair da sala, vi a fila que se formava diante da mesa com um telefone fixo. Botei as mãos nos bolsos do casaco e fugi de volta para a área comunal do aeroporto, surpreendido por um pensamento: ligar para minha mulher. Em seguida, porém, reconsiderei.

Porque Zélia iria tentar generosamente absorver um pouco da minha frustração. Ou ficar ansiosa pela minha volta (o termo certo seria: ansiosa para resolver a minha volta. Como se a minha volta fosse uma providência que ela teria de tomar, ou um empecilho, uma atividade prosaica impedindo algo que fizesse o dia valer a pena, como alguém que tem a louça suja se amontoando na pia e precisa dar recomendações à empregada; e neste caso, só consegue fazer qualquer coisa, ler um livro, tomar banho, passear com o cachorro, depois da tarefa devidamente cumprida). Zélia tinha perdido, ao longo dos anos, sua leveza, na proporção inversa à nossa melhora financeira. Quanto mais a vida ficava mole, mais ela se endurecia. Não por minha causa. Era uma arquiteta promissora, que tivera de se enquadrar à mediocridade do mercado de trabalho, com suas macaquices e mesquinharias. Por se recusar a fazê-lo, preferiu administrar nossas contas pessoais — o que poderia ser chamado de dona de casa. Mas estou fugindo do ponto. O ponto é: seria melhor avisar a Zélia quando eu já soubesse a hora do próximo voo.

Voltei ao guichê da companhia aérea, mas fui irônico. Às vezes não consigo fugir deste impulso, mesmo tendo gasto anos para dominá-lo. Quando me distraio, ele grita de dentro do porão na minha garganta e esboça uma fuga pelo muro. Naquele momento, por exemplo, não pude manter a vigilância. Disse à atendente com olhos de texugo que podia provar que, apesar de não parecer, estava de fato vivo. A brincadeira surtiu o efeito de sempre. Ninguém é obrigado a compartilhar deste humor juvenil. A Olhos de Texugo avisou que eu só conseguiria resolver a minha situação com o Wilson, e desconfiei imediatamente que "Wilson" era um nome falso para encaminhar os clientes chatos. Já tinha usado eu mesmo esta tática, muitos anos antes, na campanha política de 1998, em Minas Gerais.

Os pedintes vinham atrás de dinheiro para realizar seus comícios, eu mandava que fossem ao encalço de alguém que, por sua vez, nunca atendia o telefone. Saí procurando o tal do Wilson pelo aeroporto de Madri. Todos os atendentes faziam a expressão reveladora de quem diz: esse aí se fodeu. Acendi o cigarro eletrônico.

— *Señor?*
— *Are you mr. Wilson?*
— *No, sir. I'm sorry.*

Não era o Wilson, não havia Wilson nenhum. Eu estava morto. Pior que isso: eu estava sem celular. Lembrei imediatamente da minha mulher, numa situação anos antes.

— Sua filha está tendo uns problemas na escola.
— *Nossa* filha, pelo que me lembro.
— Quer ler o que disseram?
— Queria um resumo.
— O.K., resumidamente: ela discorda do professor de história.
— Ainda bem!

Chamei Giulia. Minha filha chegou mexendo no cabelo com mechas azuis. Tinha os olhos tão forçadamente entediados que fiquei em dúvida se ria ou me irritava. Pedi que me falasse sobre o assunto. Ela gastou o mínimo de palavras, com aquela economia que os adolescentes fazem (nas palavras, nunca no dinheiro). Encerrei o sermão com apenas um comentário.

— Você acha que precisa convencer o professor, mas está errada. Você só precisa passar de ano. Dê a esse cara o que ele quer e, em dois meses, nem vai saber mais o nome dele.

Anos depois, naquele aeroporto, eu é que devia seguir a lição. Então, fui lá e pedi desculpas à Olhos de Texugo. Eu tinha um atestado da companhia aérea, que era a minha garantia de estar vivo. Estava ali, assinado e tudo. Precisava apenas chegar a tempo do aniversário de minha tão amada filha (a foto de Giulia bebê ainda estava num compartimento da carteira). A jovem se comoveu quando fingi verter lágrimas sobre o guichê.

— Está muito tumultuado. O próximo voo é só daqui a três horas, mas o senhor não precisa enfrentar fila.

O aeroporto era uma batalha campal. Parentes de mortos, jornalistas e autoridades andando em sentido anti-horário. Uma senhora dopada dizendo: "*Ui, Rosalita, ui, Rosalita!*" (me ocorreu depois: quem seria Rosalita? O ente querido que morreu, ou uma referência a uma santa, talvez uma aparição de Nossa Senhora do Rosário? Eu não entendo de santos, não sei se faria sentido chamar algum deles de Rosalita e aliás, bem pode ter sido outra palavra, de modo que eu não devia ser irresponsável e ter dito com tanta convicção que se ouvia isso pelo aeroporto, mas o que está dito, está dito). A polícia marchava, mas que ajuda poderia dar? A equipe médica carregava macas vazias. As lindas pilastras azuis, amarelas e vermelhas e a arquitetura deslumbrante do lugar pareciam zombar daquela desgraça. Não havia outro aeroporto onde um dia triste fosse mais improvável.

A administração isolou a área próxima ao guichê da companhia com aquele curral que a gente vê em atendimento de banco. A fila do orelhão dava voltas, tantas que desisti, por hora. Segui a ordem da atendente e fui almoçar, pois só ali, diante daquela sugestão, meu estômago decidiu transformar a não-fome em necessidade urgente de comer.

Desde que me lembro de mim mesmo, o nariz escorrendo, as calças curtas, tenho me ocupado com este pensamento: o marco divisório, a fronteira, o portal. Aquilo que separa as coisas, entre o que elas são e o que se tornam. Perceba que, um segundo antes de o avião cair, para usar um exemplo pertinente, há a não-queda do avião. Muito mais do que não haver a queda, há a *não-queda*. O lugar invisível onde mora a palavra "quase". A fase que toda criança tem de viver questionando gastei para saber por que tal coisa teria mudado, nessa ou naquela direção, e por que tal coisa teria deixado de ser a não-coisa de segundos atrás.

Mais adiante, já adulto, quando terminava um livro ou saía do cinema, ficava ruminando estas questões: qual teria sido o momento definidor para que esse ou aquele destino tivesse acometido o mocinho? Às vezes, eu parava um vídeo no meio

dos dois universos, entre o não-fato e o fato, entre a não-explosão da bomba e a hecatombe. Ia dando *play*, cena a cena, vendo a sucessão de fotografias que todo movimento é. Ah, estava ali: a não-Hiroshima. A não-morte de Kennedy. O não-gol de Pelé.
O que aconteceu a seguir foi o marco divisório daquele dia. Ao pedir ao garçom o que já não me lembro — é possível que tenha sido um kibe, uma kafta ou qualquer dessas comidas que um dia foram árabes — reparei em uma velha andando até mim. Notei perto demais para poder me preparar. Um erro, um erro grave alguém não se preparar para a chegada de uma cigana. Era a típica mendiga romena, de argolas grandes como pulseiras e traços misturados, um pouco de Itália, Espanha, Índia. Uma mulher feia, de mais de setenta anos, pálpebras escorregadias, marcas de areia. Parou na minha frente e desatou a falar.

— *Quieres la verdad? Dame un poquito de pan, tengo hambre.*
— *No tengo plata, perdona.*
— O que foi? Tem medo de saber a verdade ou de abrir a carteira? (traduzindo).

Virei para o garçom com gestos de náufrago. Fui ignorado.
— Não tenho dinheiro. Com licença.
— Você é muito mal-agradecido. Seu avião acaba de cair e você não tem nada para mim?

Pousou seu olhar paternal em meu rosto, com aquele ódio e aquele amor juntos, que os pais têm. Desconhecendo como ela poderia saber da queda do avião, olhei instintivamente para os lados, como se alguém me pregasse uma peça.
— Como sabe do avião que caiu?
— Vai me dar uma moeda?

Joguei na mesa.
— Você caiu do avião e sobreviveu.
— Não caí do avião, eu simplesmente não subi.
— Você é um ignorante.
— Eu não caí do avião (ou algo assim. Repeti várias vezes).
— O que é morrer, meu querido?
— Não faço ideia, você é a cigana.

Eu poderia ficar discutindo o conceito de morte com a cigana que acabara de conhecer. Ou, ao contrário, sair mordendo meu kibe (ou será que era kafta?), o que me pareceu a decisão certa. Mas ela veio com uma abordagem melhor.

— Vamos fazer de conta que você subiu naquele avião.
— Vamos.
— Você subiu. O avião era para ficar acima das nuvens, mas nem o céu nem as nuvens sabiam disso. O avião era para ser mais rápido que o vento, mas o vento não sabia disso.

A velha desembrulhou um baralho de tarô, ilustrado à moda medieval. Colocou numa sequência que só podia, no máximo, fazer sentido místico, já que não tinha coerência alguma. A primeira carta veio sem nome, com o desenho de uma figura humana de pele transparente, carregando uma foice encravada na terra. Ao redor, vi o que pareciam pedaços de corpos, incluindo as cabeças de um rei e de uma rainha. Acima da ilustração, o número treze em romano.

— Você subiu no avião, o avião caiu, a terra lhe comeu vivo. O que acontece?
— Como assim?
— O que acontece depois da sua morte?
— Bem, provavelmente, se houvesse um corpo, ele seria enviado ao Brasil. Haveria um velório, um funeral, pronto.
— Não é assim. Primeiro eles ligam para a família.

Entendi que, por algum motivo, a cigana queria que eu fosse didático, explicando um possível passo a passo dos procedimentos após minha hipotética morte. A mim, me pareceu um passatempo interessante, até necessário, como jogar dados com o guarda do presídio.

— Sim, acredito que a primeira coisa que fariam seria ligar pra algum parente, a pessoa que deixei o nome ao embarcar no Brasil. Minha mulher, naturalmente. A companhia aérea deve ter um comitê de crise para resolver isso, com funcionários competentes. Um deles avisaria do meu falecimento. Acho que a primeira coisa que aconteceria, então, seria um desmaio cinematográfico.

Estávamos juntos há muitos anos, eu e Zélia. A Zélia de hoje era bastante parecida com a Zélia original, que eu conheci na juventude. Talvez fosse a pessoa mais parecida com ela mesma, mas de fato, não era igual. A nova Zélia poderia enganar quem não a conhecesse bem, talvez uma tia distante, um amigo qualquer. Mas não a mim. A diferença entre as duas é que a Zélia antiga queria conhecer as coisas. A nova, não. Acho que minha mulher tinha sido feliz demais. Ela não tinha exatamente problemas, por assim dizer. Era ainda jovem, bonita, tinha dinheiro, uma filha bem-educada, uma bela casa. E um cartão de crédito. Tudo isso devidamente escorado na minha presença, modéstia bem à parte. Uma vida feliz demais gera pessoas assim. Continuei o raciocínio.

— Zélia ia ficar catatônica. Só tomando o café na farmácia para estar de pé no velório. Por sorte, tenho as contas pagas, seguro de vida. Eu vejo a coitada muda, ao lado do caixão, de olhos arregalados. Já a minha filha teria um ataque histérico. Natural, ela conta comigo, por exemplo, para arranjar seu primeiro emprego. Ia colocar uma foto minha enfeitando o quarto. E dedicaria a mim sua formatura. Haveria um velório, talvez o caixão todo fechado, para não verem minha cara deformada, retorcida da queda. E fim.

Ao pensar em Giulia, dava dó. Não que eu fosse o pai do ano, ou algo desse quilate. Era mais uma questão simbólica. Eu era uma espécie de referência. É o que acontece com adolescentes educados em escolas caras: eles viram contestadores. Mas quando a fase do devaneio passa e a realidade chega no meio da madrugada, assoviando igual a um fantasma, não há saída. O pai está ali, com as respostas que tentava evitar. Lá em casa foi assim. Depois do embate, a reconciliação. Giulia estava perto de se formar e, não resta dúvida, seria uma advogada e tanto. Eu mesmo já tinha acertado tudo para o seu primeiro emprego.

O assunto estava divertido, era como jogar sal num sapo. E, afinal, nada mais se poderia fazer até a hora do embarque. Eu comia, talvez, um sanduíche de falafel e minha carteira continuava bem junto da minha mão, no bolso de trás da calça.

— E uma lua depois, o que acontece?
— Não entendo.
— Uma lua depois, o que acontece?

— Você diz: um mês depois? Uma lua é um mês? Acho que minha mulher faria uma missa, é o que se faz nesses casos. Talvez vestisse preto. Não, definitivamente não usaria preto: Zélia é um daqueles espíritos que têm o pensamento original.

— Que mais?

— A empregada que me adora pediria demissão. É um chute, mas arrisco dizer que sim. Algum dos parceiros com quem trabalhei, quem sabe, talvez algum deles sentisse a minha ausência. Meus três cachorros ficariam depressivos e morreriam junto, possivelmente de calazar (não sei como disse isso em espanhol). Bem, calazar não... Calazar vem de um mosquito, não vem?

— E duas luas depois?

— Como assim?

— E duas luas depois?

— Minha vida é cercada por mulheres. Não sei se dá para prever o comportamento feminino com duas luas de antecedência.

— Imagine um gato brincando com um novelo de lã. Ele abre todo o novelo, estica, depois enrola de novo. Por mais que seja a mesma bola de lã, os fios nunca estarão na mesma ordem.

A cigana estava fazendo o papel dela. Misturando drogas com esoterismo. Eu tinha tempo. Ademais, a pasta de *homus* estava honesta.

— Mudamos de assunto?

— Não, não mudamos de assunto (ela se irritou). Nunca se perguntou de onde vem o que você pensa? Todos os pensamentos estão no mesmo novelo de lã. Cada pessoa com seu pedaço. Quando o gato enrola tudo e, depois, desenrola, o seu pedaço pode vir para mim. O meu ir para você. Nunca ficaria igual.

Olhei para as outras cartas. Uma delas tinha uma criatura branca, loira e com partes do corpo pintadas de azul. Asas de morcego, uma espada na mão, dois anões amarrados pelo pescoço. Abaixo, no pé da ilustração, estava escrito "Le Diable". No topo, o número quinze em romano. Não lembro quais eram as outras cartas, mas a conversa já não tinha nada a me acrescentar, deixou de ser divertida, já atrapalhava minha *babaganoush*. Melhor ficar livre daquilo.

— Estou entendendo. Você quer me alertar sobre a efemeridade da vida, os milagres, Buda, Krishna, um elefante cheio de braços. Tome outra moeda. Eu tenho de ir.

Ela ficou em silêncio um momento, depois arqueou os lábios num sorriso de gente morta. Aceitou a moeda, guardou as cartas no pano que usou de embrulho. Virou-se para mim já de saída e jogou umas últimas palavras como se, ela sim, distribuísse esmolas.

— Você não entendeu nada, Lázaro.

Paguei a conta e fui em direção ao orelhão. Finalmente me ocorreu que Zélia poderia ter visto a queda do avião na TV, ou receber o vídeo no celular e se desesperar.

Andei o mais rápido possível. A cigana ainda estava nos meus pensamentos, como se eu fosse uma criança saída de um filme de horror. Sempre me considerei livre de superstições e alheio a presságios sobrenaturais, mas, quando essas coisas acontecem no dia em que você escapa da morte, a convicção se quebra.

Algo no meu estômago pesou. Mas soube que o mal-estar que me acometia não vinha do tempero. Eu tinha caído de um avião. Abraçado Kafka. Passado por um interrogatório para atestar que eu era, vejam só, eu mesmo. Enfrentado uma cigana com caveira e diabo. Tudo isso na parte da manhã. Respirei fundo, afastei aquele pesadelo da cabeça e me concentrei na próxima tarefa: caminhar até o orelhão.

Caminhar até o orelhão, qualquer orelhão, é como ver uma foto de sua infância. Se você tem menos de trinta, isso nem figura entre as possibilidades. Melhor pedir um telefone emprestado, ou enviar cartas, ou acender uma fogueira. Mas eu era velho o suficiente e sabia que aquele objeto pré-histórico tinha salvado mais vidas que o Google.

Estava tentando não pensar nas pessoas mortas, realmente mortas, naquele acidente; na minha sorte inexplicável e, em oposição a ela, nos velhos e crianças andando pelo aeroporto. Mas, depois de ter resolvido meu embarque, era impossível não escorregar o pensamento e cair nessa catástrofe: a de ter, real, concretamente, o problema da morte de alguém em suas mãos. Eu apenas tive de suportar um ou outro idiota. Poderia lidar com isso antes de anoitecer. Mas, pensando bem, quem foi que disse que eu havia resolvido o embarque?

Tudo que a Olhos de Texugo falou era que as coisas dariam certo, mas essa podia ser uma espécie de visita da saúde do Sistema. Assim como a morte tem a sua visita da saúde, que bate à porta do enfermo dando falsas esperanças à família, assim fazia o Sistema. Eu podia ser um morador eterno daquele lugar.

O caminho era por ali, entre as lindas pilastras azuis do aeroporto mais deslumbrante da Europa. Naqueles passos, me lembrei da imagem sugerida pela cigana: a do novelo de lã compondo todos os pensamentos do mundo. Por algum motivo, ou pela falta de um, esse novelo era desenrolado para uso recreativo de um gato. Depois de aberto, impossível recolocar cada pensamento em seu lugar. Era isso que a cigana dissera, copiada de alguma mensagem hindu, ou da Europa medieval, ou da puta que o pariu. Seriam meus os pensamentos ou viriam para mim, randomicamente, cada vez que o novelo se enrolava outra vez?

Seriam minhas as ações, as decisões, os passos, as palavras, ou viriam para mim de algum lugar, por alguma travessura do gato? E se, por alguns segundos, eu tivesse acesso aos pedaços de lã vindos de Giulia, ou de Zélia, ou do meu cachorro?

Bem, pensar com o estômago doendo dava nisso. Era preciso esquecer as reflexões e achar o maldito orelhão. O que não deixava de ser uma ironia: procurar, em pleno século XXI, um telefone fixo, justamente na época do antiorelhão, do telefone sem fio — que, por sua vez, sempre fora o símbolo máximo da falha de comunicação (a brincadeira de falar no ouvido um do outro, só para notar a mensagem sendo corrompida...).

Mas eu não precisava de pensamentos assim. Melhor embaralhar todos de novo, como as cartas da cigana naquele pano encardido, com o seu diabo e sua caveira enterrando corpos caídos de um avião comercial. Eu só precisava tirar o aparelho do gancho assim que o visse. Ali. Estava ali. Achei.

Na minha frente, sem filas, todo meu: o telefone com fio. Ergui o braço num movimento automático para iniciar a ligação, mas calculei errado a distância, um goleiro míope sem os óculos de grau. Voltei com a mão vazia. Repeti o gesto para ter a ciência do que se passava.

Vi meu braço atravessar o orelhão como quem acorda de um coma alcóolico na boca de um crocodilo. Tomei nota da minha respiração, que é o jeito que temos de saber quando o ar nos falta. Atravessei o telefone repetidas vezes. Atravessaria todas as vezes, por eternas tentativas até que o mundo explodisse numa nuvem de pó radioativo. Eu era um fantasma, uma sombra, o nada. Não havia como pegar o telefone porque só quem pega telefones são os vivos. E eu estava morto. Não metaforicamente morto. Morto de verdade. Morto como a inocência na fase adulta. Morto como um ideal diante dos fatos. Morto, simplesmente. Como aliás, me avisaram em dois idiomas distintos.

Quando dei por mim, percebi que fora transformado num gigantesco inseto. Estava deitado sobre o dorso e, ao levantar um pouco a cabeça, divisei o arredondado ventre castanho dividido em duros segmentos arqueados, sobre o qual a colcha dificilmente mantinha a posição e estava a ponto de escorregar. Comparadas com o resto do corpo, as inúmeras pernas, que eram miseravelmente finas, agitavam-se desesperadamente diante de meus olhos.

Kafka tem o casco duro. Eu, não.

Eu não tinha ainda o casco duro. Era uma moça fácil de se alegrar, não apenas por dez minutos, como hoje. E, naquele dia, minha felicidade tinha um motivo extra: que maravilha ser uma das primeiras da cidade a ter um aparelho de CD player. Chegava o fim melancólico dos espaçosos toca-discos de vinil e seus encartes amarelecidos. Com a nova mídia, a música perdia a textura, as fotos perdiam o tamanho, o som perdia o grave. Mas quem se importou? Virei popular na escola. Fiz amigos, sabiam meu nome. Era mais ou menos como ter bunda grande.

Diziam: Zélia, leva o som lá para casa, vai ter festa. Eu ia, claro. Não éramos ricos, mas meu pai trabalhava com exportação, então tínhamos acesso privilegiado aos itens da moda. Estávamos no final dos anos 1980, o Brasil era um filme de pornochanchada. Nas ruas de Natal, chacretes andavam de maiô portando bacalhaus e abacaxis, levando buzinadas na cara. Ou isso era a TV.

Com a chegada do CD player, mamãe me deu um dos cômodos da casa para fazer de sala de música. A primeira atitude foi abrir mão das prateleiras de vinil em troca de outras mais compactas, que usamos para os novos discos. Pensando hoje, aquele pequeno gesto, decorar uma sala de música aos dezesseis anos, viria a construir o que sou. Ou melhor: o que eu era.

Porque foi ali que descobri duas paixões incuráveis, que me definem bastante, a primeira dócil e macia; a segunda doída como navalha: a arquitetura e os Smiths. Nas festinhas com refrigerante Grapete, biscoitos de milho Skinny e Pingo d'Ouro de bacon, aquela guitarrinha smithiana chegava de mansinho e lá estávamos com os braços descolados do corpo, imitando as danças da juventude *new wave*. As letras colocavam todo meu inglês à prova, contando histórias melhores que as novelas da Globo, com suas Tietas e Roques Santeiros, que mesmo sendo nordestinas, portanto geograficamente pertinentes a mim, estavam a milhas da minha Manchester interior. A voz de Morrissey era sofrida e otimista, como quem está prestes a ficar bêbado.

Claro, havia os outros. The Police, por exemplo, tocando minhas versões prediletas das músicas dos Paralamas. Cure, Duran Duran, A-Ha, Talking Heads. Elas também me interessavam. Mas nada como ouvir e reouvir as tramas cinematográficas dos Smiths, seus homens charmosos em carros charmosos, dilemas sentimentais, dúvidas sobre a natureza do amor. Mais que uma banda, era a trilha sonora da minha vida. Não que eu vivesse aquilo tudo das letras, quem me dera! Mas porque, sem os Smiths, talvez eu não tivesse me ligado tanto ao cinema. Não fosse o cinema, não teria tanta afinidade com os estudantes de publicidade. E também não teria conhecido meu futuro marido, o Giovani.

Mas, por outro lado, quando digo que aquilo é o que eu era, com grifo no *era*, e não o que sou, bem: este *era* também tem um significado bastante literal. Porque se eu ainda fosse a Zélia de sempre, não teria aguentado aquela filha da puta me dizer o que disse, com sua Louis Vuitton bege, parecendo um poodle (a dona, não a bolsa).

E pior: tudo isso no regaço da minha casa. Aquela senhora tomando do meu café, nas xícaras que ganhei de mamãe (ainda escondi uma delas com a asa quebrada, devia ter lhe dado justamente essa) e me olhando. Se eu fosse quem eu sempre fui, a de sempre, a mesminha desde o nascimento, não teria me furtado a xingar aquela mulher pedante, fosse ela a esposa de um governador ou não.

Veja pelos meus olhos: tem uma senhora que dorme de calça de prega na minha varanda. Ela me olha como um poodle, ela pega na minha xícara como um poodle. O laquê pulula de sua testa, de modo que, se tivéssemos intimidade, eu pediria emprestado para usar de lança-perfume. Depois de um gole de biquinho francês, com o dedo mínimo arrebitado, ela me olha de novo, por cortesia. Será que a dona poodle faria xixi no jarro de plantas, para marcar território?

Mas, claro: fiquei quieta. Eu já não era mais a mesma e estava diante do governador das Minas Gerais na minha residência, no Poço da Panela, Recife, Pernambuco, Brasil, na casa que havia sido doada por meus sogros porque não tínhamos grana para comprar uma que prestasse. Estava diante do meu glorioso marido, com seu novo ar de homem sério. Diante da primeira-dama mineira, de *pedigree* e tudo. Da minha filha Giulia, com quatro aninhos, brincando de casinha da Barbie. E de Ceiça, a empregada, que tendo já seu próprio lugar na cozinha, era mais eficiente que um micro-ondas (pois bastava apertar o botão certo para esquentar a janta, sem aquele apito inconveniente). Então, a única coisa que pude dizer foi:

— É verdade, Heloísa. Eu preciso mesmo ajeitar o cabelo.

Depois, ficamos eu e a senhora Heloísa na varanda, comendo a sobremesa de frutas vermelhas. Giulia veio me mostrar um de seus desenhos. A primeira-dama fingiu gostar do unicórnio, que podia também ser uma igreja, ou o Batman. Era uma ilustração minimalista com quatro rabiscos, como só uma criança sabe fazer. Ou o Niemeyer. Pensando bem, pela contundência dos traços pontudos, podia até mesmo ser um pênis, quem diria, hein, Giulia? De todo modo, não sei se a senhora Heloísa reconheceria um pênis àquela altura da vida.

No jardim, fumando, estavam meu marido e o governador. Aquela era a primeira ocasião em que se encontravam sozinhos e Giovani devia estar aproveitando cada segundo do seu convidado. Meu marido — ou melhor, este novo marido que eu ganhara há poucos anos — tinha mania de surpreender os clientes com algo pessoal. Na véspera deste dia, fez dezenas de ligações para amigos em comum até saber qual charuto pôr displicentemente na mesa, ao lado da garrafa de licor.

O governador tinha a calvície adiantada no topo da testa, os cabelos invictos na lateral. Uma barba já grisalha que contornava suas bochechas, parecendo a metade de uma bunda. Não era a barba cerrada que corre livre pela savana, mas aquela certinha, mantida em cativeiro. Homens que insistem em controlar excessivamente a própria barba são daquele tipo que não mantêm os jatos de urina numa só direção, fazem xixi em v. Sim: há, verdadeiramente, uma espécie de homem que mija de trivela. Pede dois sanitários, um ao lado da porta, outro no box. Tive um ex-namorado que era previsível: toda vez que ia fazer xixi a gente já se preparava para limpar a janela e a luminária do teto. A compensação da mira ruim vem no arado dos pelos faciais, entende? Aí fazem esculturas, listras, jogos da velha, barba temática, barba de São João, barba de finados... pode acreditar: entre a barba e a uretra há um relação ainda mal compreendida pela ciência. Até o desenho da barba dizia que o governador era um bunda-mole. Expressão que me lembra uma conversa com Giovani, anos atrás:

— É a última vez que passo por uma coisa dessas, você está ouvindo?

— Hein?

— É a última vez que passo por isso.

— E eu tenho culpa, Zélia?

— Não. Quem tem sou eu, de ter casado com um bunda-mole como você.

Fui eu quem mandei Giovani ir ganhar dinheiro. Vou repetir, já que ele sempre me lembrou: fui eu quem mandei Giovani ir ganhar dinheiro. Registre-se em ata que ele obedeceu bovinamente. Na época, o motivo pareceu nobre: Giulia com pneumonia e nossa família sem ter um plano de saúde razoável.

Antes de conhecer a maternidade, minha vida era tranquila, eu vestia 38. Quando uma mulher veste 38 não existem problemas, o mundo está mais para uma gincana. Para melhorar, eu sempre trabalhei sob demanda, então entre um projeto e outro, fazia meu próprio horário. Acampava, saía sem maquiagem, tinha aquela coisa ao lado dos olhos onde ficam as rugas; aquela coisa que se chama pele. Mas, ao ser mãe, o Vesúvio entra em atividade. É a necessidade desesperada de manter o filho em segurança. É uma força da natureza. Como o Clint Eastwood.

Chegar em casa e ver Giulia doente, aquela coisa pequena, marrom-clara, enrolada no cobertorzinho; a boca roxa como um hematoma, os lábios sobrepostos e bêbados, o ronco de gente velha implorando por ar: aquilo era a maior entre as maiores dores do mundo. Ficava a sensação de ter mãos de menos, de não saber meu nome do meio, de perder a passada.

Óbvio que minha primeira reação foi a única razoável: xingar meu marido.

— É a última vez que passo por isso.

— E eu tenho culpa, Zélia?

— Não. Quem tem sou eu, de ter casado com um bunda-mole como você. Mas agora chega: eu quero um plano de saúde bom pra Giulia amanhã, com helicóptero, médico em São Paulo, Ivo Pitanguy, a porra toda. Me tirou da casa do meu pai porque quis.

Ele não tinha culpa. Mas sendo ele a única pessoa que eu poderia culpar, claro que tinha. Quando disparei aquele gatilho, quando dei o *play*, sabia que não havia mais como contê-lo. Eu disse que ele tinha de ganhar dinheiro e agora nada o faria voltar atrás, até ter a certeza de nunca mais ouvir aquilo de mim. Giovani era assim. Ele ia até o final. E talvez o nome disso não fosse determinação, mas orgulho.

Bem, eu teria de pagar o preço também, não é? Melhorar os modos — como minha avó diria. Ter unhas perfeitas, sentar-me com elegância, usar o garfo de peixe.

A primeira-dama de Minas virou-se para mim, enquanto comia sua *panna cotta*, e disse:

— Até que vocês conseguiram um bom resultado com essas aqui.

— Perdão?

— Estas frutas vermelhas. No Brasil, elas nunca são boas de verdade. Se não fosse Collor...

— Collor?

— Sim, com a abertura. Mas vai demorar muito para termos framboesa com gosto de framboesa. Você já esteve em Paris, querida?

— Não, ainda não.

— Ah, Paris é Paris.

E depois de alguns segundos de silêncio, repetiu:

— Paris é Paris.

À noite, com a casa apagada, a filha dormindo e o marido roncando, deitei-me na cama e tomei comprimidos. De repente, estávamos eu e Giovani naquela festa de novo. Eu, a única mulher de cabelo ruivo, dançando sem me preocupar com a alça da blusa que caía sobre o ombro. Sting dizia que Roxane não precisava colocar aquelas luzes vermelhas e eu retrucava: *Roxane, put on the red lights, Roxane!* Giovani me olhava admirado, tomando um uísque ruim, porque era o que tínhamos, e eu seguia dançando como se não reparasse nele, cercada de homens altos e fortes, que também era o que tínhamos no curso de arquitetura. Num *flash*, estou nos braços de Giovani, que diz: você tem muitos amigos. Ao que eu respondo: eles devem estar a fim de você. Ele me beija, e estamos ouvindo o Cure pedir *close to me, close to me*. Pum, pum, pum. Eu giro como um guarda-roupa que cai de um desfiladeiro, estou descendo, estou perto do chão, mas não me importo, vou bater, mas não me importo, *close to me, close to me*.

Estava gostando dos comprimidos. Nos dias ruins, eles serviam. Nos dias bons, também. Eu sabia que aquilo não era sustentável, por assim dizer, mas alguma coisa tinha que ser feita para manter o nível de transgressão em dia. Tínhamos engravidado muito cedo, por não aguentar aquele namoro à distância, eu em Natal, Giovani em Recife. Ainda não tinha entendido o papel que Giulia teria na minha nova vida, até a já mencionada pneumonia que ela teve no primeiro aninho. O medo de perdê-la foi como acordar de madrugada e perceber a cama no cume de uma montanha: você não sabe se tenta levantar e cai ou se fica deitada e cai do mesmo jeito.

Giovani, para me atender, foi ganhar dinheiro. O jeito que conseguiu fazer isso foi criando a ponte entre o mercado publicitário do Nordeste e os grandes clientes do Sudeste do país, que sentiram o cheiro da bufunfa. Ponte que era com o empresariado, depois com a política. Depois, tudo junto, no melhor estilo brasileiro. Dinheiro no nosso país é aquela coisa: começa na vida pública, depois se mistura na privada.

Enquanto Giovani trabalhava, eu atendia um cliente aqui e outro ali, o que não era exatamente trabalho, mas parecia. Os comprimidos eram todo o mal que me restava. E eu usava com carinho e precisão, como uma dose diária da poção da juventude.

Um dia, Giovani foi a Minas tratar de algum assunto com seu sócio, o homem que trouxe o governador para nosso convívio. Giulia brincava de neta na casa de minha sogra; Ceiça, por sua vez, fazia o que as empregadas fazem quando não estão trabalhando (ficam congeladas num sarcófago esperando a hora de agir). Eu, portanto, estava só. Quase, porque eu tinha a eles, os comprimidos, meus amores. Tomei alguns, liguei o som e lembro exatamente o que tocou: uma de minhas bandas favoritas. Claro, só podia ter sido B-52s, só podia ter sido "Love Shack", a cabana do amor. *Stay away, fools. Love rules at the Love Shack.*

A primeira coisa que acontece é você voltar a vestir 38. O comprimido de anfetamina é uma máquina do tempo com um espelho de camarim. Celulite? Beijo e até nunca. A vontade que dava era de agradecer ao deus dos comprimidos e ele só entende a língua da dança, pois qualquer outra seria chata demais. Liguei o som no 11 e dancei o que deu, sozinha e descalça na sala de estar, até que me dei conta de uma tragédia: não tínhamos bebida, só umas cervejas inúteis! Perdão pela negligência. Saí caminhando pela rua, cheguei na praça de Casa Forte. Por ali tinha alguma loja de bebidas? Sim, claro que sim. Estávamos nos anos 1990 e as coisas não eram tão fáceis, não me lembro de qual vodca comprei, mas deve ter sido algo que hoje em dia está gloriosamente banido das nossas prateleiras (graças ao Collor, não é, Senhora Poodle?). Ao chegar de volta ao meu doce lar, eu tinha vodca, eu tinha os comprimidos, mas não tinha companhia. Pense bem: de que valem comprimidos, música, vodca e não ter companhia? Quem poderia me ajudar?

— Seu Sebastião?
— Boa tarde, dona.
— Pense bem: de que valem comprimidos, música, vodca e não ter companhia?
— Como é?
— De que valem comprimidos, música, vodca e não ter companhia?
— ...

— O senhor toma comprimidos?
— Remédio?
— Isso.
— Não, remédio não.
— O senhor toma vodca?
— ...
— O senhor toma vodca?
— Um tiquinho.
— O senhor gosta de música?
— Sim, senhora.
— Então me faça companhia.

Mas seu Sebastião não quis entrar lá em casa, achou que poderia perder o posto de vigia do quarteirão. Sem problema. Botei o som no portão, virado para fora. A rua estava inteira no barracão do amor. Fiquem longe, tolos. O amor é a regra. *Love Shack, baby.*

Dancei com o seu Sebastião que, para os seus sessenta e poucos anos, ainda estava na pista. Ficamos até o anoitecer, quando vomitei a bílis e ele me lavou a cabeça com a mangueira do jardim. Depois, respeitosamente, me deixou deitada na grama. O amor era a regra, lembra?

Quero fazer um adendo: porre que é porre precisa terminar com água de mangueira. De preferência sobre a nuca, que é o lugar onde espíritos travessos e maledicentes podem encostar — porque, ora, que coisa sensual é uma nuca, concorda? Mantenha a sua limpa para permanecer vibrando bem, foi o que fiz. Mas claro: isso não me ajudou em porra nenhuma.

No jornal, mais precisamente numa coluna social cujo nome me recuso a dizer, informavam: "Democracia. Mulher de publicitário famoso é vista dançando com o vigia da rua! Finalmente, o prefeito, o governador e os poderosos do Sul terão de abrir suas festas para a participação popular. Excelente!". Na verdade, não foi excelente. O problema não era a perturbação da ordem, ou a minha bebedeira, ou a música alta. O problema — imperdoável, inconcebível, inexplicável — era ter dançado com o vigia.

Giovani leu o jornal e me odiou.

Eu não estava insatisfeita com a vida, nem precisava encontrar meu eu interior, nem mesmo vagava em busca de uma causa pela qual lutar. Ficar rica? Nunca quis. Eu só queria enlouquecer. Simplesmente. Enlouquecer, para quem não sabe, significa mandar à merda quem mereça, de laquê ou não. Mas era preciso manter os modos: o que nos sustentava aos três era o relacionamento de Giovani com políticos, empresários, corruptos e corruptores. Mulheres bêbadas que dançassem com vigias dificilmente seriam aceitas no brinde do Réveillon. O mundo ainda estava nos anos 1940 e ninguém notava. Eu notava. Isso tudo significa dizer, resumidamente, que o problema era Giovani. Porque, sempre, a solução de um problema é também o problema em si, já que aquilo que soluciona o que nos aflige, não raro, é fator de nova e maior aflição.

Veja bem: você namora à distância. Você está angustiada, quer um relacionamento mais cotidiano, criar galinhas, balançar na rede. Você se casa. Agora me diz: do que sentirá falta nas noites de domingo? Da saudade que doía e que, ao mesmo tempo, preenchia seu peito. Todos somos um pouco Sidney Magal. Há de haver aquela saudade de você mesma abraçada ao travesseiro. Eu só queria enlouquecer. Eu só queria enlouquecer, Giovani! Beber até vomitar a bílis. Até enjoar de todas as músicas boas do mundo. Até que me lavassem a nuca de mangueira no dia seguinte, virada e exausta. Mas reconheço: a conta de água ficou cara demais.

Não tivemos sequer uma briga. Quando cheguei do cabeleireiro, uma das maiores malas de Giovani estava faltando, junto com roupas, sapatos, perfume. Olhei para a sala sem o barulho de saber que há alguém e me deixei recostar numa almofada solitária, como um ator de teatro esperando a deixa. É quando o telefone toca com minha sogra me pedindo para conversar em sua casa. Pisco o olho e já estou dormindo no quarto de hóspedes. Um segundo depois, na minha primeira colherada numa sopa de nada com coisa alguma, entendo que aquele era meu programa de desintoxicação: ficar ali, na casa dos meus sogros, sem remédio ou álcool, balanceando o *yin* e o *yang* através da comida macrobiótica.

Eram uns legumes sinceros demais, do tipo: oi, eu sou um jerimum, eu sou uma couve, prazer. Nada de gratinados ou purês, por exemplo, não vi manipulações de sabores, tergiversações. Nenhum sinal de hierarquia no prato. Tradicionalmente, o pedaço de bife vale mais que a batata, você está acostumada a isso, mas naquela comida não: a abobrinha divide o camarim com a cenoura e todos se entendem sem brigas de ego. Havia umas sopas, chás, caldos, grãos onipresentes como gergelim, um uso desregrado do alho. De modo que, não raro, você podia se deparar cara a cara com um dente de alho inteiro te olhando de trás da batata. Aquele dente de alho queria saber a sua fé. Ele estava ali para testar sua hombridade, seu caráter. Podia ser, quem sabe no almoço, de ele me fitar os olhos e dizer: ande sobre as águas, Tomé. A cebola era usada como água sanitária num chão sujo. Na dúvida, coloca. Cebola crua, cozida, grelhada, em rodelas grandes como minhas pulseiras ou cubinhos milimétricos. Às vezes era cebola com cebola, só de sacanagem. Nos sucos, ela não foi parar, não que eu visse. Porém, acima e além de todos, estava ali o alimento que representava foneticamente meu verdadeiro estado de espírito: tofu.

A dieta era ótima para dormir melhor, acordar melhor, ir ao banheiro melhor. Deixava a pele mais corada, mais elástica, o cabelo parecendo o de um comercial cafona de xampu. Levantar da cama era como sair de uma piscina com um maiô roxo, girando o cabelo colorido artificialmente no Photoshop e dizendo para câmera: sabe o segredo dos meus cabelos? Tofu.

O imóvel de quatro quartos e dependência de empregada ficava em Casa Forte e era exoticamente decorado para os padrões da década de 1990. Tinha, por exemplo, souvenirs étnicos de viagem, o tipo de artefato que entraria na moda muitos anos depois, mesmo já tendo aparecido naquele filme clássico do Antonioni.

Meu sogro falava mais baixo que os passarinhos lá fora. Usava suéter de *cashmere* combinando com o cabelo grisalho e, quando ia defender o liberalismo econômico, o que fazia à mesa, sem nenhuma exaltação, dava batidinhas quase inaudíveis no prato com as costas do talher. Tinha amigos importantes e muitas fotos. Numa delas, usava um lenço dentro da camisa social no lugar da gravata. Um lenço rosa. Rosa-pink. Florescente. Já não trabalhava mais, vivia de administrar imóveis e do mercado financeiro (quase se fode quando Collor confiscou a poupança). Sabe aquele tipo de pessoa que masca gengibre?

Minha sogra tinha a mesma pele que um bebê de seis meses, se o bebê tiver sorte. Usava os cabelos curtos na cor acaju e gostava de tocar nas pessoas, mas com um certo medo de incomodar. Era capaz de realizar as posições mais impossíveis da ioga, o que exigia controlar respiração, dieta e pensamentos o tempo todo. Um dia dei um flagra nela esfregando mistura vegetal esverdeada nos pés de galinha. Quando me viu, suou frio por cima do abacate.

Passei dois meses com eles e sinto saudades daquela estada no universo paralelo, onde um Ganesha flutuando acima da mesa me cobrava oitenta mastigações por garfada.

Depois de um tempo, Giovani liga.

— Está aguentando a comida?

— Sim. Volto pra casa semana que vem. Vou mudar todo nosso cardápio.

— Vai?

— A primeira coisa é trocar carne por rabanete.

Giulia ficava uns dias comigo, outros com o pai, em casa. Mas essas idas e vindas já estavam atrapalhando a rotina da menina. Era hora de agradecer o tempo de acolhimento e voltar à Terra. Foi isso: larguei os comprimidos e nunca mais ouvi B-52's.

Quando saí dirigindo na volta para minha casa, atravessava a rua uma comitiva inusitada de galinhas, muito comuns no Poço da Panela, mesmo em dias de hoje. Não pensei duas vezes. Acelerei rapidamente até atropelar todas. Foi sangue, bico e pena para tudo quanto é lado. Dois meses comendo tofu, querida. Precisava matar alguma coisa.

Na volta à casa, ou melhor, na noite da véspera, tive um sonho. Um sonho daqueles profundos, que fazem você acordar com a língua metálica de tanto tempo dormindo. Estava numa praia sem encosta, sem margem de areia, onde só havia água de um mar muitíssimo agitado. Em determinado momento, as ondas desse mar vinham da borda, eram ondas do oceano para terra e da terra para o oceano. Sob o hálito salgado e crespo de maresia, tentava me manter nadando, sem afogar, sem desistir. Foi quando um marujo, vestido em trapos, surgiu numa espécie de jangada com um enorme remo enfiado no mar. Era um velho. Eu gritava por socorro e ele dizia: estou tentando... tentando controlar o maremoto! O velho erguia seu imenso remo para fora da água e então minha aflição se esvaía, evaporava, somente porque eu via que não se tratava de remo algum, mas de um inusitado cavalete de pintura.

Faça a fotografia precisa do momento: não erre na luz, não exagere na sombra, não insira filtros ou lentes, não distorça a imagem: eu ainda queria enlouquecer, ainda precisava disso, mas, entenda, não de qualquer jeito. Não a qualquer hora. Não de graça. Impressionante como dois meses pegando leve podem mudar suas perspectivas. O mais importante, naquela hora, era redescobrir a vida, com minha filha, brincando de comidinha, construindo casas de Barbie, e fazendo uma coisa que aprendi na temporada macrobiótica (além do gersal, que é ótimo): res-pi-rar.

Neste primeiro dia de volta, Giovani havia saído mais cedo. Normalmente, se ele não estava atrasado, tomávamos o café no terraço. Mas quando cheguei à mesa não havia ninguém na cadeira ao lado, somente o jornal desarrumado e aberto como uma árvore retorcida. Giovani nunca deixava jornal desarrumado. Era mais fácil sair sem pentear o cabelo. Não pode ter sido coincidência aquilo estar aberto assim, exatamente na página certa...

Bem, as pessoas nunca perguntam, mas cabe falar: os negócios estavam o.k., obrigada. Quer dizer: não propriamente os meus. Os clientes de arquitetura continuavam pingados, mas os de Giovani iam de vento em popa. Faltava um ano para começar a campanha de reeleição ao governo de Minas Gerais. Meu talentoso marido trabalhava como nunca. Metade do tempo em Belo Horizonte, metade do tempo em trânsito para Recife. O adversário era o presidente que ajeitou o Brasil depois do governo Collor. Quanto mais difícil, mais precisavam de ideias, portanto, melhor. E Giovani estava sendo despudoradamente bem pago por seu trabalho. Não falávamos muito sobre o assunto, porque, ao chegar de viagem, ele queria tudo, menos pensar. Aproveitávamos para passear um pouco, levar Giulia ao parque da Jaqueira, comer caranguejo, descansar na varanda da casa ou apenas não fazer nada. Eu controlava o maremoto. Tínhamos o banho de mangueira, Martin (o labrador), a brincadeira de pular corda, as aulas no violão pequeno (eu já estava quase boa no Smiths) e, claro, os pincéis.

Mas e o sexo? — Você provavelmente quer saber, admita. Olha: funcionava direitinho. Com o pensamento indo parar, eventualmente, em algum artista de cinema ou no entregador de água mineral ou em ambos. Mas funcionava. Giovani estava em forma, e eu insatisfeita com meu corpo, como toda mulher, porém bastante capaz de ouvir um assovio ao passar pela obra. Ou de ser perseguida com olhar de tarado pelos jardineiros da rua. Às vezes, a lembrança escorregava por um buraco negro, me levando de volta para aquele episódio do jornal desarrumado. E quando isso acontecia, não haveria sexo possível, ainda que Giovani fosse o Antonio Banderas.

Mas esqueça pintos e xerecas: eu falava de pincéis. E como Giulia amava os pincéis, os potinhos de água, o papel e a aquarela se esparramando em cima de tudo! Claro que ela usava água demais. Comecei corrigindo, ensinando os sobretons e os volumes. As pinceladas largas e os filetinhos. As bordas. Você não sabe como é difícil fazer uma borda com aquarela. Bem, estávamos em 1997 ou 1998, não tinha essa coisa de videoaula da internet. Tinha que ser na base do livro. Eu era boa mesmo. E aí notei meio constrangida que estava usando todas as folhas que comprei para a menina. Era eu quem estava brincando de pintar. Para evitar um conflito realmente sério com a enfezada dona dos pincéis, decidi comprar meu próprio material. Cavalete, telas e o melhor papel que encontrei em Recife naquela época. Livros, tintas, avental, tudo. Transformei a despensa da casa num ateliê improvisado. Meu maremoto virou jangadas naufragando, folhas voando, Olinda incendiada, pássaros caindo por naufrágio, ondas gigantes, mulheres de diversas formas com cabelos enormes sobre os olhos. Cachorros com cauda de peixe tentando comer seu próprio rabo. Milhares de abelhas rodopiando como um ciclone, saídas de uma planta carnívora. Um barco de papel nadando num mar de chamas. Mas, no dia em que o governador de Minas perdeu a reeleição, sem saber, pintei uma festa. Nunca duvide do poder premonitório de uma geminiana.

Aliás, isso merece mais palavras: Giovani se internou em Minas Gerais para ver se a coisa andava. Eleição perdida, choro e desolação, mas quando me contou do resultado pelo telefone, a única coisa que pensei foi na face rosácea da madame Heloísa, ex-primeira-dama, ex-poderosa, ex-arrotadora de caviar, eterna Senhora Poodle. Tadinha.

Passei por este período eleitoral na minha casa pintando, que era o melhor que fazia. E Giulia amava pintar comigo. Eram casinhas, flores, animais. Já estava manuseando o pincel de maneira muito graciosa. Ah, um dia desses, tenho certeza de que ela quis pintar um pinto. Um pinto, não estou no reino animal, um pinto mesmo, com a chapeleta roxa e tudo, corpulento e robusto, batatudo. O.k., pode ser loucura minha, mas aquele sorvete estava muito esquisito. Para mim, era pinto. Porém, tirando este ingênuo caralhinho acidental, Giulia mantinha a etiqueta na hora de escolher seus temas. Controlava bem a água, coloria lindamente e fazia os melhores desenhos da escola.

— Mamãe, mamãe, esse ano vai ter "Mamães no Pincel".
— Hein?
— Esse ano vai ter "Mamães no Pincel".
— Deixa eu ler isso aqui.

O colégio de Giulia pedia que as mães fizessem essa atividade lúdica com os filhos, indo pintar na sala de aula. Teríamos um artista de verdade para "julgar" os trabalhos. Um artista, aliás, que, hoje, é um pernambucano muito famoso no Brasil inteiro.

Fomos todas cumprir nosso papel. Só que ninguém sabia que, tirando um ou outro projeto insosso, o meu dia inteiro era ocupado por isso, por pintar. O que era uma atividade desinteressada para as mãezinhas, para mim era apenas mais um dia de vomitar o maremoto. O resultado não podia ser diferente. Primeiro ele ficou vermelho, com os olhos arregalados (ele, o artista que veio julgar), depois se aproximou da minha tela, tentando enxergar os defeitos, as pinceladas fora de padrão, mas o que havia eram traços rudes de aquarela da melhor qualidade; com inspiração fauvista. O artista que hoje é famoso calou-se. Disse que aquilo era *hors concours* e eu fingi estar embaraçada com a lisonja. As outras mãezinhas — advogadinhas, mediquinhas, professorinhas, dondoquinhas — me olhavam espantadas, como quem encontra uma pessoa capaz de andar num monociclo.

Na saída da escola, o artista que hoje é famoso disse:
— Uma das melhores que já vi no Brasil. Das aquarelas.

Reproduzi o elogio ao meu marido. Era o sábado daquela mesma semana em São Paulo, em um jantar com a equipe da malograda campanha eleitoral. A mesa incluía o parceiro publicitário de Giovani e uma fauna diversificada de idiotas. Giulia, com uns seis aninhos na época, ficara com minha sogra, comendo nabo. Tínhamos de tudo naquele grupo. Alguns aspones do governo de Minas, alguém do Banco do Brasil, um empresário que se apresentou assim: "Prazer, Fernando. Empresário", umas moças jovens demais para aqueles homens maduros e A Vagabunda Que Não Darei Nome. Nem o governador (ou melhor, ex), nem a primeira-dama (ou melhor, ex), se fizeram presentes (ao que eu brindei em silêncio). Bebíamos vinho bom e o peixe do Amadeus estava como sempre. Encontrei Giovani ofensivamente feliz, cheio de trejeitos caricatos, como um criança que força a risada. Sei identificar quando algo contraria Giovani, e também quando algo o felicita. Aquela expressão não era nem uma coisa nem outra. Ou era as duas ao mesmo tempo.

Quem ditava a dinâmica da mesa era Marcos, o sócio do meu marido. Os garçons se referiam a ele pelo nome, provavelmente relembrando as gorjetas. O *maître* fez, baixinho, algum comentário sobre cavalos e os dois riram. Sua careca completa parecia estar ainda mais polida do que os talheres de prata da mesa. Quando falava, usava um moderado sotaque mineiro para galantear a plateia, com aquele trejeito de orador, que olha para cada convidado.

As primeiras duas horas foram razoavelmente agradáveis. Talvez pelo vinho ou por estar em São Paulo, num bom restaurante (*girls just wanna have fun*), ou pelo prazer de observar o comportamento de um grupo totalmente alheio a mim. Só que, depois do prato principal, eu estava cansada, louca pela cama do hotel.

A sobremesa chegou. A conversa já esmorecia, os talheres tilintavam na louça, um dos aspones puxou assunto na cabeceira. Aproveitei para repetir para Giovani que tinha sido elogiada como pintora, no episódio da escola de Giulia. Eu sabia que ele tinha ouvido da primeira vez, mas quis forçar uma reação, já que meu marido não tinha dito palavra. Mas fomos interrompidos.

— Ah, você pinta?
— Não precisamente. Sou arquiteta, na verdade.
— Ah.
— Mas a pintura é um hobby.
— Desculpe por ouvir a conversa...
— Você gosta de arte também?
— Olha, na verdade, não. Mas admiro o talento.

Era A Vagabunda Que Não Darei Nome. Como é que alguém pode ter tudo de puta? Cabelo de puta, roupa de puta, olho de puta, boca de puta, nariz de puta, ombro de puta, sobrancelha de puta, cotovelo de puta. Ela falou, como uma puta:

— Acho um barato essa nossa geração. A mulher não ganha dinheiro e aí faz tricô, pintura, desenho. Tudo bancado pelo marido, né, querida?

— ...
— Não é o seu caso, você é arquiteta.

Aquela fala de puta daquela puta saiu daquele jeito, aquele jeito de puta, de quem diz exatamente o que quer dizer coberto pelas lantejoulas da civilidade. O silêncio da mesa amplificou meu desconforto. Todos os idiotas e as jovenzinhas viraram para o lado da Vagabunda Que Não Darei Nome. Havia uma faca de peixe encravada no meu peito, até o cabo.

— Pois acho que você está errada. Primeiro que não somos da mesma geração, né, amor? Você é uns dez anos mais velha, não tem reboco na cara que me engane. Segundo que a *minha* geração acabou com uma mania muito feia da sua. Sabe qual? O vício de agir que nem puta. Não a puta-puta, a que faz programa, porque neste caso há de haver uma certa coragem, um certo desprendimento, um certo poder transgressor. Palmas para a puta-puta. Mas eu falo é da puta que faz a gente ter vontade de chamar de puta, forçando a letra T, o som da língua batendo nos dentes como se fosse uma chicotada. Esse tipo de puta é aquela que se diz *workaholic* para dormir com os executivos, aspones, marqueteiros e idiotas em geral. E pior; nem é para dormir, é só pra insinuar a trepada, pra vender a esperança da trepada com estes homens que começam a temer a perda da virilidade. Esse tipo de puta é muito comum em mulheres da sua geração; ou melhor: na verdade, é uma marca registrada da sua geração. Soltas no meio dos homens, sem preparo, com a autoestima baixa, as mulheres da sua geração foram vender a promessa do sexo pra ver se voltavam pra casa com algum reconhecimento. Mas ei, cá entre nós, melhor ficar na promessa. Porque uma mulher como você, por exemplo, que passou sabe lá quanto tempo jogando reboco nessa cara de puta velha, uma mulher assim não gosta de pau. Vai me dizer que você gosta de pau? O que você gosta de verdade, o que você gosta mesmo, é de outra mulher. E quando eu digo gostar, não é gostar afetivamente, gostar como os mamíferos gostam um do outro, com carinho, com proteção, nada disso; muito menos gostar como as mulheres que amam mulheres gostam umas das outras. Quando eu digo que você gosta de outra mulher é que você gosta de oprimir outra mulher, é isso que dá prazer a você. Você gosta de uma mulher para realizar o seu desejo de ser homem, ou melhor: de ser antimulher. Talvez seja mesmo geracional. Palmas para a geração das putas. Palmas para você, sua puta.

Mas em vez disso, eu disse:

— Pintar me acalma.

Na despedida, prestes a nos deixar no carro, Marcos virou para mim com seus olhos arredondados e sua careca de ouro.

— Sugira a pintura para a minha mulher. Quem sabe ela não fica calminha também?

— Se um dia você estiver no meio de um maremoto, pincel é melhor que remo.

No hotel, tomei banho e fingi dormir para evitar Giovani (qualquer menção a sexo naquele momento e eu arrancava o pinto dele com a lixa de unha). A raiva me transportou facilmente para a cena do jornal desarrumado. Eu, voltando do meu programa improvisado de reabilitação, sentada à mesa do café. Ao meu lado, o *Jornal do Commercio* esgrouvinhado e torto, aberto exatamente naquela página, como uma fratura exposta. Era um recado para mim.

Sou a coleção desses fatos amontoados, a falta de detalhes aqui e ali, as mentiras se revelando por um lençol curto, que não pode cobrir cabeça e pés. Isso aconteceu há mais de quinze anos! De lá pra cá, foi tudo tão, tão rápido, que podemos ainda estar no dia de anteontem, comigo presa num buraco de minhoca dos filmes do Bucky Rogers. Giulia cresceu, largou as Barbies, entrou na adolescência. Giovani subiu na carreira, como era previsto, mesmo com a derrota na eleição. Conseguimos comprar a casa no Poço da Panela que meus sogros emprestaram (eles não aceitaram pagamento em chicória), e eu continuei ali, no meu lugar, esperando o momento de enlouquecer. Tirando um ou outro caso extraconjugal sem importância durante as viagens de Giovani, noites bobas, que nem merecem nota, daquelas de que os homens se valem desde sempre, nada de emocionante teria a relatar, senhor juiz. A vida é assim, não é? E minha missão secreta permaneceu a mesma: controlar o maremoto, controlar o maremoto.

O que mais? Ah, Giulia entrou na faculdade! Está bem perto de se formar. Ficou realmente linda minha filha.

Engraçado que, quando penso no meu casamento, volto àquele dia depois do restaurante. Mais precisamente quando entrava no quarto do hotel, ainda com a voz da Vagabunda Que Não Darei Nome ecoando no ouvido. Acho que a lembrança que resume minha vida conjugal consiste numa única sentença que pensei, ao deitar-me, ainda emburrada, na cama *king size*: meu marido tinha me dado muitas coisas, muitas coisas. Mas tinha tirado de mim o direito de errar. Por isso, não posso achar que foi coincidência o que aconteceu: Giovani, como já disse, nunca deixava o jornal desarrumado. Quando eu chego, recém-saída de uma dependência em comprimidos, aquela manchete em coluna de fofoca: Mulher perde a guarda de filho por dependência em drogas. Era isso ou algo assim. Mulher perde a guarda das drogas por dependência do filho. Algo assim.

Ele seria capaz de tirar Giulia de mim? Ele seria capaz de dar esse tipo de recado, de maneira cifrada? Ele seria capaz de combinar a meia com a cor da camisa? A terceira dessas perguntas sempre achei que não, e me desapontei. As outras duas ainda esperavam comprovação. Merda. Eu fico nervosa quando toco nesse assunto.

Mas não posso mentir tão descaradamente. É preciso também admitir que eu não tinha coragem de abrir mão de tudo porque estava segura naquele universo. Segura contra os descaminhos do mundo? Não. Segura contra minha própria vocação para enlouquecer. Segura contra o maremoto.

Eu fiquei. E odiava Giovani por isso. Eu cortaria seu cadáver em pedaços por isso. Antes do almoço, como quem diz à empregada: vai pedindo um táxi, hoje cortei defunto a manhã inteira, estou cansada para dirigir. Lembro de pensar assim. Exatamente assim. E, ainda no hotel, naquela noite depois do restaurante, sem nenhum sangue nas mãos, infelizmente, virei para o lado e vi a rosa no copo de água. Disse para mim mesma: é bonita. Mas de que adianta? É só uma flor morta.

...

Uma flor. Oxe, tinha sempre uma flor ao lado da cabeceira de Dona Célia. A primeira vez que vi um negócio desses foi em novela, no tempo que novela prestava. Como era mesmo o nome, meu Deus? Eu hoje estou daquele jeito: lembro-me de coisa alguma. Você pergunta se me chamo Ceiça, é capaz de dizer que não, de tão abestalhada.

Mas se for novela, pelo menos que seja da Globo, porque novela se não é da Globo é aquela coisa, como fala? Esqueci. Por exemplo: quando tem polícia atrás de bandido. Em novela que não é da Globo, a polícia chega rapidinho no camarada. Parece que o bandido já sabia que ia ser pego. Mas, em novela da Globo, vem helicóptero, avião, cavalo, homem com espingarda, o carro explode, o barraco voa e o bandido lá, crente que vai escapar.

Quando tem maldade, a mesma coisa. Maldade da novela da Globo é mais malvada que a maldade das outras novelas. Chega a pessoa, fica com ódio, passa o dia limpando a casa e pensando: que ódio!, por causa daquela coisa malvada que viu na TV. Exemplo: *Fera Ferida*, que eu lembro como se fosse ontem. Era essa a novela que passava quando cheguei na casa de Dona Célia. No começo, a cidade toda acha que o prefeito Tarcísio Meira é safado. Eles acabam matando ele numa canoa com um tiro lá de longe e depois, no futuro, o Celulari vem todo arrumado se vingar. Essa maldade que fazem com Tarcísio Meira é uma daquelas maldades que só em novela da Globo.

Agora, quando é cena de amor, é o contrário. Em novela que não é da Globo, tem peito de fora e tudo. Eu acho muito difícil essa coisa que ator diz que não houve nada, que era só, como é? Esqueci. Mas diz que não houve nada. Pra mim é uma esculhambação total. Você vê logo que ali é ripa na chulipa. Já em novela da Globo não tem isso. É só um beijinho, deita na cama, aumenta a música, pronto. Para falar a verdade, pensando bem, acho que a Globo poderia fazer melhor essa parte.

E as paredes? Oxe, em novela que não é da Globo dá pra ver a parede de madeira vagabunda. A comadre me falou que parede de novela é tudo madeira. Mas se for verdade, *se* for verdade — porque a comadre mente que Ave Maria, ô criatura pra mentir — se for verdade, então a parede da novela da Globo é madeira boa. Madeira que cupim não rói, como diz o povo.

    Engraçado: eu lembrei que, antes de morar em Dona Célia, eu não via novela. Só tinha uma tevezinha na sala da casa de mãe, e eu odiava ficar ali. Gosto nem de falar da minha vida na casa de mãe, que me vem aquele traste. Mas, na casa de Dona Célia, era diferente: tinha uma televisão no meu quarto, que eu podia ligar depois do trabalho.

— Você tem quantos anos, menina?
— Eu?
— E tem outra menina aqui?
— Tem não, senhora. Dezoito.
— E você quer que eu chame de Maria ou Conceição?
— Ceiça.
— O.k., Ceiça. Você me chama pelo nome se quiser, não precisa usar o dona.
— Oxe, eu só consigo usar o dona, dona.

    A casa da Dona Célia tinha mais coisa que gente. Dez cadeiras numa mesa na sala, com aquele negócio pendurado no teto, como é que chama? Esqueci. Um negócio lindo, cheio de luz, pra acender bem no meio da testa de quem ia comer. Tanta luz que ninguém usava na hora do jantar. Eu mesma achava muito esquisito ter uma coisa tão cara e nem usar. Mas depois vi que gente bacana não compra coisa pra usar. Compra coisa pra ter. Você precisa entender como funciona uma casa de gente bacana e só dá pra entender quando chega lá dentro.

    Mas naquele primeiro dia, olhei um tempão e não entendi pra que tanta cadeira, se eram só três pessoas e uma delas nem contava direito, que Júlia ainda beirava dois aninhos. É que vinha visita, Dona Célia tinha muitos amigos e quase todo mês enchiam aquelas cadeiras de perna. Eu ficava até espantada, acostumada de ver a cadeira sozinha, de repente tinha gente em cima. Por mais que me achem doida, não vou mentir: aquela sala ficava muito mais bonita sem ninguém jantando. Porque sala de jantar de gente bacana não é feita pra jantar.

No quarto, mesma belezura. A cama deles era a maior do mundo, pode acreditar. Não tem cama maior que aquela nem no cinema. Lá perto da casa de mãe tinha um cabaré que, dizem, faziam suruba. Juntava um monte de gente sem vergonha pra fazer sem-vergonhice na mesma cama, eu sei que essa conversa é feia, mas só dizendo: mesmo se ali, em casa de gente bacana, fizessem aquilo que se faz no cabaré, mesmo assim aquela cama ainda era grande. Cá entre nós: eu mesma cansei de deitar naquele colchão quando tinha ninguém em casa. Oxe, eu abria os braços de um lado até o outro, que nem Jesus Cristo. Porque dava pra umas cinco Ceiças ali, logo que eu sou assim meio pouquinha, graças a Deus, nunca fui gorda igual à comadre, Deus me livre. Mas não dava certo ficar deitando naquela cama, não. E se alguém visse? Um dia acho até que Júlia viu. Ou se não viu, ia perto de ver.

Falei que eram três pessoas, mas não é porque eu esqueci do cachorro, não. O cachorro só chegou na casa lá na frente, quando Júlia tinha uns nove anos. Era um cachorro amarelo, e eu nunca acerto o nome. Marte. Ah, era Marte. Era Marte o nome dele. Dona Célia gostava. E a menina Júlia ainda mais. Um chamego danado ele e Júlia. Eu não tinha nem chamego com gente, avalie bicho. Deus me livre. A coisa que Marte fazia melhor era sujar em um minuto o que eu levava a manhã toda pra limpar. Não é que eu seja gente ruim que faz mal a bicho, porque pra mim quem faz mal a bicho é gente ruim; eu não sou assim. Mas é porque você não sabe como o tal do Marte era. Às vezes, eu tenho certeza que ele fazia de sacanagem, era de sacanagem, só podia ser. Oxe, dava pra ver pela cara do safado! Ainda bem que botaram no canil, mas isso foi anos depois. Deixa eu ir com calma senão me embanano toda. O que eu estava falando? Ah, da casa. Nessa época eram só três pessoas mesmo, sem o cachorro.

Eu cheguei com dezoito. Quando a gente tem dezoito anos, aguenta trabalho igual a mula. Não sente a perna doendo, as costas, não tem dor de cabeça, visão ruim, nada. Era muito trabalho, mas isso nunca me deu medo. Medo eu tinha era de ficar sem pagar as contas no fim do mês. Diz que a filha de Sônia (Sônia, prima da comadre) fez curso, tinha diploma, tudo, mas até hoje não consegue serviço. Então, eu gostava. Mesmo trabalhando até de noite, eu era só o sorrisão, olha, desse tamanho.

Uma das coisas que eu mais gostava era de Dona Célia. Ela era assim, como diz? Esqueci. Às vezes, ela desatava a gritar, cantar alto, soltar gargalhada no meio do tempo. Dona Célia não tinha problema, que problema ela poderia ter? E você me pergunta: tinha jeito de gente doida? Tinha. Mas ela ser doida não me incomodava nem um pouco, oxe, nadinha. Aquela música alta, aquilo ajuda a gente a trabalhar, sabe? De repente o pano fica leve, o calor some, a vassoura voa. Ainda mais quando o cantor fala daquele jeito que ninguém entende. Porque gente bacana não ouve música pra entender. Ouve pra ouvir. É tudo falado em inglês e inglês é um treco esquisito.

Mas não era nem a casa bonita, nem a novela, nem a TV só minha, muito menos a música em inglês. Nada disso. A melhor coisa de tudo junto, de tudinho junto mesmo, era uma só: o Seu Jovane.

O Seu Jovane podia ser o tal do Flamel, que era mocinho de *Fera Ferida*, feito por aquele ator da Globo, que chama Celulari. Tirando que não tinha nada a ver. Digo, ele não tinha aquela cara lavada de bunda de bebê, não tinha aquilo. Seu Jovane era um tipão com barba malfeita de homem, barba é a coisa de homem que mais é de homem, e ele tinha uma. O Seu Jovane usava terno e me lembro desde o tempo que eu morava com mãe lá no fim do mundo, ela quando via um homem de terno, babava. Oxe! Depois via que o camarada de terno era pastor ou vendia livro e deixava pra lá. Porque mãe queria homem, não queria nem Deus, nem livro. E essa era a variedade de homem de terno em São Lourenço, naquelas brenhas. De tanto esperar um homem de terno que prestasse, mainha cansou. E acabou com aquele traste do marido dela, que além de traste era enxerido, dava pra brechar a gente pelo buraco da fechadura no banheiro. Além de traste e enxerido era um grande de um merda, aliás.

O Seu Jovane tinha nada a ver com esses homens de terno, ele nem vendia livro nem era pastor. Era um homem que ensinava gente bacana a falar na TV, uma vez ele explicou direitinho. Pra trabalhar com isso, tem que ser inteligente e bom falador. E o Seu Jovane era as duas coisas, inteligente e bom falador. Mas aí você vai pensar que ele era um cabra besta e nada pode ser mais errado que pensar isso. Só quem pensa isso é porque não conhece o Seu Jovane, que de besta tinha nada. Quando ele chegava em casa, chega eu dava um trato no visual, como diz o outro.

É isso aí: me arrumava todinha pra ele, mesmo se tivesse limpeza pesada. Eu sei que eu era a doméstica, mas doméstica também pode se arrumar. Eu passava batom, botava os brincos que tia Marleide me deu e ficava lá, limpando o chão, como quem não quer nada. Eu era novinha, sabe? Tinha a perna dura sabe de quê? Pegar balde, encher de sabão, jogar na casa, passar pano, tirar o grosso da espuma. Depois jogar água e puxar com o rodo. Depois secar com o pano duas vezes. Depois passar desinfetante pra dar o cheirinho. Depois espanar os móveis, passar aquele produto caro que chama como? Esqueci. Depois lavar, secar, recolher a louça. Cortar, separar, organizar, cozinhar. E tudo isso usando a perna. Porque você anda pra lá e pra cá e fica sempre de pé. Então, usa a perna. Oxe, a perna fica dura. Eu era novinha da perna dura, e quem tem a perna dura acaba tendo a bunda dura também.

Eu era pouquinha de tamanho. O cabelo eu coisava pra não ficar ruim. Deixava encaracolado e ele descia, porque eu tinha parte com caboclo, uma tia-avó era do cabelo liso, liso, eu puxei um pouco ela. Não era igual ao da comadre que benza Deus, podia cair um toró que a água não batia no coco. Pense num cocar de índio. Sabe aquele cocar que tem pena de passarinho? Era o cabelo dela. Nem o pelo que se tem no meio das pernas é assim, Jesus, ô bicha feia a comadre! Mas eu, modéstia à parte, dava pro gasto.

Mas o assunto era o Seu Jovane. Eu falei agora que ele era bonito e você pode pensar que é a única coisa boa nele, porque tem gente que é só isso mesmo, vamos combinar. Tem homem aqui em Recife que é bonito, mas não vale uma cumbuca de cuscuz. Só que isso não voga nesse caso. O Seu Jovane é uma pessoa boa de coração, vive dando conselho pra Júlia, pra ela estudar, escolher trabalho, é bom pra Dona Célia, deixa ela fazer tudo que quer. Não é daqueles homens amarrados que tem por aí. Deus me livre, como tem homem mão de vaca, oxe, são uns baita de uns mão de vaca, não pagam um cachorro quente pra uma mulher nem se Jesus descer da cruz e pedir: amigo, pela caridade, pague um cachorro quente pra sua mulher, pague. E é por isso que eu fui ficando bem a fim dele, não vou mentir pra dar uma de moça.

Um dia Seu Jovane estava muito bonito. Tinha chegado de viagem com um terno chique, daqueles que usava pra viajar. Chegou, bebeu água e pronto: foi direto pro quarto. Devia estar cansado o Seu Jovane, porque ele nunca fazia isso. Geralmente, ia lá pra varanda, bebia alguma coisa, só depois é que tomava banho. Mas nesse dia, não: direto pro quarto. Dona Célia não estava em casa, tinha levado Júlia pra algum passeio que eu não lembro mais. Minha cabeça deu pra isso. Às vezes eu não lembro nem do que eu almocei. Outro dia a comadre perguntou o que eu almocei e cadê lembrar? Eu estou assim agora.

Então: ele foi pro quarto e não tinha mais ninguém em casa. Bate um pouco de vergonha disso que eu fiz, chega eu me sinto um pouco daquele jeito, como chama? Esqueci. Mas eu gostava muito dele. Do Seu Jovane. Aí botei aquele short marrom pequeno, sabe?, e fui lá no quarto fingir que ia limpar. Levei o espanador, tinha que levar alguma coisa. Eu fui com maldade mesmo, não vou mentir. Comecei espanando os móveis devagar, e Seu Jovane lá, sentado no sofá, vendo tevê. O quarto deles é muito grande, dá o maior trabalho limpar. Às vezes tenho que dar três passadas de pano, pra você ver como é grande. Tem até sofá. Ele conseguia assistir televisão comigo espanando os móveis, eu não ficava na frente, era gigante. Virei de costas e me abaixei fingindo que era pra limpar. Maldade mesmo.

— Ceiça, você vai limpar aqui?
— Seu Giovani, é bem rapidinho.
— Tudo bem. Quando acabar, me avise? Vou ficar na varanda.

Seu Jovane era chique. Não era o meu shortinho marrom que ia tentar ele, mesmo eu sendo novinha da perna dura. Fiquei com vergonha do que fiz, ainda bem que Dona Célia nunca soube dessa bobagem. E ele nem notou. Não era esses homens safados de lá perto da casa de mãe. Se fosse lá em São Lourenço, ele tinha pulado em cima de mim igual cachorro. É porque eu era novinha, entendesse? E mulher novinha é fogo. Oxe! Mas não foi só maldade, é que eu queria arranjar alguém e ter uma casa como aquela. Ter um Seu Jovane pra mim, chegando de terno, indo beber na varanda, botar eu mesma música em inglês, ter uma Júlia brincando com Marte, um tirinete de cadeira vazia no meio da sala, e uma Ceiça servindo o almoço. Mas outra Ceiça, de outro nome, Josefa, Ana, sei lá.

Depois daquele fora, por bem dizer, que o Seu Jovane me deu, nunca mais fui na maldade. Eu já disse que gostava muito da Dona Célia e não ia fazer isso com ela. O que aconteceu aí foi uma coisa engraçada. Comecei a procurar um pouco do Seu Jovane nos outros rapazes. É engraçado isso que eu falo, parece que eu estava querendo ver o Seu Jovane dentro do corpo de outra pessoa, como se fosse um espírito. Deus me livre, morro de medo desse negócio de espírito. O que eu quero dizer é outra coisa, como chama? Esqueci. A vontade era encontrar nos outros rapazes um pouco daquela coisa chique, de deixar uma flor pra dona Célia, chegar em casa, tomar uma antes do banho e tudo mais. Eu queria encontrar um rapaz assim e isso foi mexendo comigo e mexendo e mexendo. O tempo foi passando, eu fiz vinte, fiz 25 anos, e quanto mais procurava um cabra que fosse assim, mais difícil de achar.

Não é fácil encontrar homem; você pensa que Recife tem homem? Oxe, Recife tem homem não! Um que não seja safado, nem enxerido, nem desonesto, nem macumbeiro, nem alma sebosa? Procurava no barzinho. Procurava no mercado. Procurava no ônibus. Procurava na vizinhança. Até na igreja eu procurava.

Terminava de limpar a casa todinha, deixava tudo pronto pro outro dia, comida pronta, louça pronta, banheiro pronto, ia me deitar sozinha. Sem ninguém pra conversar, pra encostar no peito, pra falar da vida, pra dizer chegue aqui, Ceiça, vamos à praia domingo? Vamos comer um sanduíche?

Por vez tinha festa na casa e era bom, porque me ocupava. Mas outras vezes, era ruim, era ruim, porque eu via aquela felicidade deles, bebendo, comendo, conversando, rindo e eu pensava que nunca ia ter um pedacinho daquilo, nem precisava ser tanto, Jesus, nem precisava ser em demasia, aquela dinheirama toda, deixar torneira pingando e luz acesa como eles deixavam. Nem precisava.

Nessas horas me dava uma coisa engraçada, que você só entende se eu avisar que falo sozinha. Não é traço de gente doida, diz que é comum falar sozinha, mas eu tenho um pouco de medo de acharem que eu enlouqueci e falo sozinha só quando não tem mais ninguém. Sabendo que eu sou assim, vê como era engraçado ver a minha voz engasgada. A voz saía engasgada quando eu falava meus pensamentos alto, pra mim mesma, entendesse? Era como se tivesse um caco de vidro preso na garganta. Eu falava: Maria da Conceição, onde você vai parar assim? E o caco de vidro lá.

Uma vez o Seu Jovane me ouviu falando comigo mesma. Tinha mais ninguém na cozinha. Quer dizer, ter, tinha. O Seu Jovane estava lá, mas eu não vi. Eu falei: desse jeito é melhor fazer promessa pra ver se algum homem bom aparece. Seu Jovane fez aquele barulho com a garganta, *ran-ran*, e eu olhei morta de vergonha pro lado. Não é que ele estava na cozinha, meu Deus? Oxe, o homem fez um olhar admirado de ter escutado aquilo e ficou quase rindo pra mim, mas sem dizer nada. Ele botava água no copo e ficou pensando em alguma coisa.

— Ô, Ceiça, tudo bem contigo?

— Desculpa, Seu Jovane. Eu dei pra falar sozinha agora.

— Arrumar um marido é difícil, não é?

— Ligue pra essa minha besteira não.
— Certo. Boa sorte na sua procura.

Depois que passou a vergonha, fiquei pensando como Seu Jovane era arretado. Por isso que eu gostava tanto daquele homem. Ele era muito gente fina e muito bom falador. Essa coisa de boa sorte na sua procura era bonito de ouvir. Ficou na minha cabeça, como se fosse uma maldade na novela da Globo, sendo que não era maldade. Ficava na cabeça igualzinho, mas era coisa do bem. *Boa sorte na sua procura. Boa sorte na sua procura.*

Acho que era aquela música do Leonardo que eu estava ouvindo no ônibus. Já não lembro mais, é uma que tem um toque bem gostosinho. Minha cabeça está de um jeito que Ave Maria, lembro nem o meu nome. No ônibus, o homem veio puxando assunto, aquela conversinha mole, acabou pegando meu telefone e antes de descer me deu um beijo na boca. Todo mundo olhando, chega eu fiquei sem graça, tanto que contei essa história pra Dona Célia e ela se acabou de rir, com aquela gargalhada gostosa dela. Dona Célia é muito alto astral, não tem problema nenhum, vive rindo. Tinham visita em casa, um monte de perna nas minhas cadeiras. Então: ela perguntou se podia contar a história do homem do ônibus pro Seu Jovane, eu disse sim e quando eu vejo, ela está falando o que aconteceu pros amigos na sala de jantar. Eles riram muito. Até eu achei graça. Mas quando fui levar a sobremesa, deu um pouco de vergonha. Seu Jovane notou.

— Fique assim, não. Esse pessoal ri porque não beija na boca.

O que eu estava falando antes? Ah, lembrei: que eu era sozinha demais. Demais mesmo. Um dia fui conversar com a comadre. Perguntar se ela também não sentia essa solidão, mas que surpresa eu tive: ela estava tendo boa sorte na procura dela, a danada. Já ia namorando um rapaz chamado Orlando e foi aí que eu fiquei sabendo da história do Dito Cujo, o irmão dele. Quando ela disse como era o jeito de Orlando, fiquei muito feliz. Porque ele estava fazendo bem à comadre. Ele dava um dinheirinho, fazia promessa, escrevia até carta de amor. Oxe, fiquei muito feliz. Mas também fiquei muito triste, porque a comadre é feia demais, não vou mentir. Ela tem a cara toda estragada e umas pernas bem moles, com aquela bunda enorme. A comadre é um amor de pessoa, mas que é feia, é. E até ela tinha arranjado alguém. Todo mundo, menos eu. E olha: Orlando não era de se jogar fora, escrevia até carta de amor. Até carta de amor ele escrevia. Deus, Santo Antônio, Santo Expedito, Virgem Maria: por que a comadre tinha tanta sorte? Por que era tudo tão perfeito pra ela? Orlando, carta de amor, namoro. E até encontro na reunião do alcóolatras.

Eu sei, o nome é AA. Mas eu chamo de alcóolatras porque é mais fácil. Ele tinha essa reunião e já estava há dois anos sem beber nada. Então, estava praticamente curado de ser alcóolatras. Diz que um dia na semana, eles abrem pra pessoas que não são alcóolatras. Tem bolo, cachorro quente, forró. Foi num dia desses que a comadre conheceu Orlando. Fiquei muito feliz por ela, mas também fiquei triste, já disse o porquê. Acho que foi por isso, porque eu fiquei triste, que comecei a chorar ali na hora. Ela me contando de Orlando e eu com aquele caco de vidro cortando tudo, garganta, pensamento. A comadre chega teve um susto. Aí, eu contei tudinho. Que não queria mais ficar sozinha, que estava me sentindo meio... como é mesmo? Esqueci. E ela logo entendeu, porque ela era minha comadre e me entendia. Combinamos de eu ir na semana seguinte lá no alcóolatras. E foi lá que eu conheci o Dito Cujo.

O alcóolatras era um lugar bem grande, sem nenhuma mesa, muita cadeira e cada pessoa sentada numa delas. Tinha também um monte de comida gostosa. Mas não serviam bebida nenhuma e eu achei uma pena, porque o forró que estava tocando animou e bem que pedia uma cervejinha. O Dito Cujo chegou meio atrasado e ficou perto da gente. Eu, ele, a comadre e Orlando. Logo o Dito Cujo me chamou pra dançar. Dança direitinho ele, sabia? Depois de umas músicas, a gente foi pegar cachorro quente.

— Então você é a Ceiça?
— Isso.

— Eu sou o Vando — era o nome do Dito Cujo.
— A comadre falou.
— Ah.
Ele comia rápido. Ele comia muito, mas muito rápido.
— Oxe, tu come rápido.
— Cheio de fome.
— Vai acabar tendo um troço.
— Vou nada. Quer dar uma volta?
— Dar uma volta pra onde?
— Uma volta.

A gente saiu um pouco e ficou do lado de fora do alcóolatras. Só fui dar um beijo no final da noite, pra ele não ficar mal-acostumado. Mas tive que me segurar. Contei umas mentiras pro Dito Cujo, mas foi só pra me ajudar a ter sorte na procura, com diz Seu Jovane. Porque eu não era ninguém, só a Ceiça, e eu não queria mais ficar sozinha, então disse a ele que eu era auxiliar de escritório. Inventei esse negócio porque tinha uma amiga da comadre que era. Não sei direito o que auxiliar de escritório faz, mas com certeza era melhor ser essa coisa que eu não sabia o que era do que ser a Ceiça. Tudo bem, eu não devia ter feito isso. Mas na hora foi mais forte, entendesse? Sabe quando uma coisa é mais forte que você? Então, foi isso. Quando olhei pra mim, por assim dizer, já estava mentindo. E como mentira tem perna curta, depois deu a maior merda, como sempre dá.

No outro dia, o Dito Cujo me ligou e ficou falando umas coisas.

— Ô Ceiça, me leva pra conhecer sua casa?
— Eu mesma não.
— Deixa de ser assim. Você não gostou de ficar comigo?

Eu tinha gostado, sim. Na verdade, estava sozinha há tanto tempo que não dava pra saber se tinha gostado do Dito Cujo ou se tinha gostado de ficar com qualquer um, fosse ele Vando, Jorge ou João. Queria levar o Dito Cujo lá em casa, mas a minha casa era muito ruim de levar alguém.

É que depois que o traste foi preso lá em São Lourenço, mãe veio pra perto de Dona Célia aqui em Casa Amarela.

Com o dinheiro do muquifo lá nas brenhas, ela fez até um puxadinho pra mim no quintal. Na minha folga, eu ficava lá. Mas nunca sobrava tempo pra ajeitar o barraco. Não que fosse um barraco, mas era assim que eu chamava, como se diz, carinhosamente. Depois que mãe morreu, aluguei a parte da frente e tirava um dinheirinho bom, mas eu fiquei pensando: essa casa é a casa de Ceiça, que trabalha de doméstica. Mas cadê a casa de Ceiça que é auxiliar de escritório?

Tinha que ter algum jarro. Algum enfeite. Algum berimbelo. Na casa de Dona Célia tem muita coisa assim, mas fica caro comprar coisa que não serve pra nada. Eu tive uma ideia, então, mas eu mesma odiei a minha ideia. Pensei bem rápido nela e bem rápido me livrei do pensamento. Era uma ideia muito idiota. Ainda bem que ela foi embora bem rápido. Xô, ideia idiota! Como eu ia levar pra casa aquele monte de enfeite de dona Célia? Eu nunca fui de roubar de ninguém, que ideia idiota. Fiquei feliz porque esta ideia idiota foi embora rápido, mas fiquei triste porque, quando a ideia idiota foi embora, não teve nenhuma outra pra botar no lugar.

— Não vai dar certo isso, não.
— Por que você não diz a ele que é doméstica?
— Me livre!
— Ele é pobre igualzinho. E ainda é bêbado.
— Ex-bêbado. E não é bêbado, é alcóolatras.
— Ah, agora mudou muito.
— Eu vou dizer a ele, comadre. Mas é cedo.
— Então tá.
— É cedo.
— Vai chamar pra sua casa?

Sim, eu ia chamar. Mas estava com medo dele não gostar de lá e chorei. Fui lá pra área de serviço e chorei mais. O caco de vidro na garganta.

— Ceiça? O que foi?
— Foi nada, dona Célia. Bobagem.
— Nós não somos amigas?
— Oxe, somos sim.
— Então me diz o que foi.

Eu disse. Falei do Dito Cujo, falei do puxadinho, falei da auxiliar de escritório, só não falei do alcóolatras. Ela ouviu com muita atenção, Dona Célia era muito boa pra mim, muito boa. No final, na parte que eu disse que a minha casa era feia, ela riu bastante. Puxou a cadeira, pegou uma bebida e pediu pra eu me sentar. Ela ficou pensando, pensando. Como era chique a Dona Célia! Gente chique é assim: antes de pensar tem que ter uma bebida. Ela ficou com aquele olhar que a gente fica quando está achando graça, sabe? E eu sem entender nada. Mas aí ela falou que ia separar uns enfeites pra eu levar emprestado. Dá pra acreditar nisso? Ela ia emprestar uns enfeites só pra eu deixar tudo bem bonito. E eu ia cuidar bem direitinho e trazer de volta.

Ela saiu e foi pegar uma caixa lá dentro. Colocou um monte de enfeite, de jarro, de coisa. Tinha livro colorido. Garrafa. Bolinhas. E até umas velas. Aquelas velas, Dona Célia disse que era pra fazer sacanagem. Eu fiquei com vergonha da Dona Célia dizer essa palavra pra mim e nem entendi direito como era a tal sacanagem. Pra você ver a vergonha que eu fiquei. A caixa ficou bem pesada. Mas deu pra levar arrastando até meu quartinho.

Você pode imaginar minha cara depois daquilo, nem consegui dormir. Nem sempre, quando a gente não consegue dormir é porque está triste. Às vezes a gente não consegue dormir por causa daquele negócio, como chama? Esqueci. Pois eu nem consegui dormir. Eu pensava muitas coisas, mas uma que eu lembro agora, foi no Seu Jovane. Ele era daquele jeito bom, cuidadoso com Júlia, jeitoso com Dona Célia; me fez ver o que eu queria ter na minha casa. E até me disse: *boa sorte na sua procura*, não foi? Pois diz que a pessoa dá sorte pra outra assim, ele estava me dando sorte de algum jeito, só de falar isso já dava sorte pra mim. Homem gente fina mesmo o Seu Jovane. Ah, se eu pudesse!

No outro dia fui levar aquela caixa pra casa. Nem lembro como foi que eu levei aquela caixa pesada no ônibus, mas enfim: eu levei. Parecia uma criança com aquilo tudo no puxadinho. Eu botava um jarro aqui, um enfeite ali, um berimbelo acolá. Depois mudava de lugar. E mudava de novo. Só as velas da sacanagem que não mudei, acertei o lugar fácil: no banheiro.

Finalmente chegou o dia da folga do Dito Cujo. Ele era faz-tudo e se você acha que doméstica trabalha muito, você precisa ver o que um faz-tudo faz. Agora eu fico pensando: que merda. É só o que eu consigo pensar. Primeiro porque ele nem olhou pros enfeites. Veio que nem um bicho pra cima de mim. Dei um jeito de fugir pro lado, soltar dos braços dele, pra fazer um pouco de doce, sabe? Entrei no banheiro e botei uma camisola bem bonita que eu tenho. E fui acender as velas da sacanagem. O vento no banheiro é ruim, o fósforo apaga o tempo todo, demorou um pouco, também porque eu dei uma ajeitada no cabelo. É por isso que essa palavra hoje não me sai da cabeça: merda. Porque se eu contar, você não acredita. Quando saí do banheiro, o Dito Cujo estava lá atracado com a garrafa que eu trouxe para enfeitar a casa.

Gente bacana não compra garrafa para beber. Compra para usar de enfeite. Aquilo não era pra beber, burro! Mas o safado tinha bebido pela metade. Oxe, ele era alcóolatras, não era ex-alcóolatras.

Nem sei como eu pude me deitar com aquele filho de uma égua, eu já estava ali, não ia dar pra trás. Mas botei o homem pra correr depois e não quero nem lembrar que o nome dele é Vando. Pra mim, fica sendo Dito Cujo e pronto.

Essa coisa do Dito Cujo bagunçou minha cabeça. O caco de vidro na garganta o tempo todo, parecia azia, mas não era, que eu não comia muita fritura nem bebia cerveja, quase. Diz que carne de charque dá azia também, mas não era, era o caco de vidro e ele rasgava tudo por dentro quando eu lembrava que continuava sem ninguém. Pra piorar, a comadre ficou falando umas coisas do Seu Jovane que bem podia ser. Lembra daquela história do ônibus? O camarada me deu um beijo na boca, morri de vergonha. Então: o Seu Jovane contou pros amigos na sala de jantar e eles ficaram rindo de mim. A comadre acha que eu fui humilhada por Seu Jovane, que aquilo era ele mangando de mim. Ela disse: "não sei o quê", "não sei o quê", "não sei o quê"... eu respondi: "não sei que lá", "não sei que lá", "não sei que lá". Mas a comadre é teimosa que Deus o livre.

De tanto ela falar, até podia ser. Não é porque eu sou a Ceiça que eu tenho que ser humilhada por seu ninguém. E além disso, de algum jeito maluco, misturei o Dito Cujo com o Seu Jovane; você pode até dizer que eu sou doida, mas quando o Dito Cujo fez o que fez, eu botei culpa em Seu Jovane, que não me queria, que tinha aparecido daquele jeito que mexeu comigo e, sei lá, hoje eu não estou falando coisa com coisa. Mas pode crer que aquele sentimento bom que eu tinha pelo Seu Jovane começou a diminuir, igual a uma chuva bem forte que vai ficando garoa. Eu não sabia explicar o motivo. Eu parava pra pensar e falar sozinha, Ô Ceiça, você está assim por quê?, e não sabia responder. A comadre botava a maior lenha porque ela não tirava da cabeça que o Seu Jovane me humilhava.

Você pode achar que eu sou doida e dizer que o Seu Jovane tem nada a ver com a bagunça na minha cabeça, ou que a comadre é ruim do juízo. Mas se não fosse ele, nunca ia conhecer que homem pode ser bom de verdade, nem querer ter um homem daquele. Seu Jovane acabou com a Ceiça que eu era antes e agora eu nem sabia se ela ainda existia. Não é que eu deixei de ser a Ceiça, claro que eu ainda era a mesma, com o documento igual, o nome, cara; o corpo, o endereço, o CPF; mas só que tudo por dentro era novo.

A Ceiça de antes comia qualquer comida. Galinha, por exemplo. A Ceiça de antes comia pescoço, asa, moela, coração, mas a nova Ceiça ficou querendo escolher. Galinha era só coxa e peito. Oxe! E azeite, viu? Não me venha com óleo, não.

E homem? A Ceiça de antes não fazia questão de homem bonito. Mas a nova Ceiça deu pra reparar em tudo. Se era zarolha, manco, tabacudo ou magrela, já botava defeito. Se tinha cara de fuinha, cabeça de cisterna ou nariz de porco, dava nem cabimento. Aparecendo um homem que não fosse muito lazarento eu namorava, mas nada ia pra frente.

Nasceu depois minha filha, a Elisiene, menina ajuizada, que ficou sem pai, mas eu nunca precisei, não fez a menor falta. Deixa aquele merda lá, com a rapariga que ele arranjou, fez foi um favor de ter fugido. Na minha cabeça, pra ser honesta, se eu pensava em homem eu pensava mesmo era em Seu Jovane. E olha que eu já estava naquela casa há quase vinte anos. Mas aí já pensava com ódio. Ainda lembrava aquela coisa besta que ele falou: *boa sorte na sua procura.* Boa sorte na sua procura. No fundo, ele estava é mangando de mim, me humilhando, só porque eu era a Ceiça, mas olha: ele que abrisse do olho porque eu mesma acho que a Dona Célia já tinha botado umas gaias ali, eu digo é nada.

A partir daí, passei a odiar o Seu Jovane. Mesmo. De verdade. Falando agora chega me vem um sentimento ruim, como se eu tivesse visto uma maldade daquelas de novela da Globo.

Oxe, eu queria é que ele morresse. Morresse morrendo, entalado com uma garrafa, enforcado com a gravata, atropelado por um carro cheio de porta, esmagado por um piano, de tiro, de faca, de bofete; por um assaltante, um sequestrador, um maconheiro; que morresse de dor depois de bater com a cabeça no meio-fio, de raiva depois do engarrafamento, de ataque do coração, de pressão alta; que morresse engasgado com uma espinha, com um osso preso no gogó, com um cisco no olho; que fosse do nada, com o médico assim: olha nem sei como ele morreu, chegou aqui já todo branco, de olho esbugalhado, com a veia do pescoço saltando e eu botei nesse caixão com algodão no nariz; que morresse de cirrose, trombose; de sistema nervoso.

Continuei trabalhando na casa porque gostava de Júlia, de dona Célia e precisava do dinheiro. A gente sempre precisa do dinheiro. Por isso fiquei lá por 21 anos. E fazendo o serviço direito. Apesar de tudo, eu sempre fui, como é que chama? Esqueci. Menos a parte do seu Jovane, que fazia com muito ódio. Oxe! Acho que foi por isso que eu quebrei aquele cinzeiro fedorento dele.

...

O CINZEIRO FEDORENTO & O MENINO GIULIA

Eu sempre soube que não ia ter peito. Até aí não havia problema. Paola Matos também parecia uma tábua de passar roupa e talvez precisasse de um sutiã com bojo maior que o meu. Só que ela ficava *bem* assim (mais que isso: como diria João Guerra, o único cara interessante do planeta, Paola era "exótica"). Ao contrário de mim, claro. Eu era um menino. Pior: uma menina com peito de menino, anoréxica, em cima de uma perna de pau, desorientada no picadeiro. Mesmo assim, não estava *certo* reclamar dessa bobagem, a falta de peito. Não estava certo porque nunca fui idiota: eu via o que acontecia no mundo. Ninguém pode se incomodar realmente com um detalhe desses, diante de: 1) fome na África 2) corrupção no Brasil 3) guerra na Palestina. Então, puta merda, Giulia! Segura a sua onda – era o meu conselho para mim mesma, aos doze anos.

É engraçado lembrar de mim, combinando as roupas e dando chiclete de *watermelon* da Disney para os amigos. Aquele gosto de melancia ficava nas mãos por mais que você lavasse. Vinha junto com o medo de esquecer alguém (tanta preocupação e ainda faltou o do Lucas Silva, na sexta série...). Adorava dar presentes, adorava. Já que eu não podia ser a exótica, que fosse, ao menos, a *legal*. Parecia uma boa estratégia. Até que descobri meu nome no penúltimo lugar entre as meninas "a se levar para um apocalipse zumbi", segundo João Guerra. Achei fútil me importar com isso, mas duas ou três vezes no intervalo das aulas me tranquei no banheiro para chorar. Eu dizia a mim mesma: "Peitos de merda, peitos de merda!" e ficava lá sentindo o cheiro de cigarro amassado no chão (o banheiro era nada mais do que um cinzeiro fedorento). Sentada na privada, lia até decorar as frases escritas de caneta Bic na porta. O amor é uma flor roxa, que nasce no coração do trouxa. Eu tinha isso. Um coração de trouxa.

GIULIA, A GAROTA QUE OPINAVA [CENA 1]

Cenário: quarto de adolescente com lençóis cor de rosa, porque os pais não perceberam que ela cresceu.
Giulia (a adolescente) entra pela porta e joga seus tênis dando coices (clichê). Se deita de bruços e começa a chorar.

GIULIA: Como sou burra, burra, burra! Puta que o pariu! Olha que energúmena, olha que anormal!

Giulia segura um papel. Não vemos o que está escrito.

GIULIA: O professor passa um semestre inteiro falando a mesma coisa, do mesmo jeito previsível, citando as mesmas datas, os mesmos exemplos e piadinhas no fim do texto. Você vai e decora toda a porra do livro, até o nome da editora, até o código da biblioteca. E aí, sua burra, me tira uma nota dessas!

Giulia ergue o papel para a plateia, depois rasga em pedaços minúsculos e, num acesso demente, come tudo.
Mas aí engasga, tosse, se entala. Vira pra frente e diz:

GIULIA: Putz, que gosto horrível tem uma nota 9.

Fim da Primeira Cena.

ETIQUETANDO PESSOAS

Sim, eu chorava com nota 9. Para deixar de ser essa pessoa, precisava tomar uma atitude: dizer a meu pai que ia estudar com quem a memória cisma em chamar de Emília, mas que bem podia ser Laura ou Natália (só não podia ser Paola, por que ela era boa demais para se misturar com a gente). Estudar na casa de Emília, Laura ou Natália era uma mentira.

Para que essa mentira desse certo, havia alguns passos a seguir. Primeiro, ligar para meu pai do orelhão. Eu diria que o celular descarregou, que foi um surto eletromagnético que destrambelhou os aparelhos no bairro (alguma mentira ruim dessas). Mas na verdade, não ia ser preciso. Meu pai não atendia números desconhecidos, me proibir seria impossível. Depois iríamos para o segundo passo, que era importante: fumar maconha.

Porém, ignorando a justiça do meu pedido, o destino fez meu pai atender.

— Quem é?
— Oi, pai. Vim estudar na casa de Emília.

Ele ouviu calado. É claro que eu tinha sido descoberta. Mas só o que pude fazer foi voltar para a festa e tomar as bebidas que as meninas consideraram inofensivas, mas que derrubaram todo mundo no sofá em L. Andando para pegar mais uma dose, cruzei pelo espelho do corredor. Eu era pobre de peito, mas achei que naquela noite João Guerra poderia gostar da minha cintura fina. Isso deve ter me deixado alegre para beber mais e terminar pedindo clemência num sanitário vomitado (antes, ainda fumamos algo. Era ou não maconha, aquele matagal? Soube bem depois). Diante disso, a nota dois na prova do dia seguinte não seria, nem em sonho, suficiente para passar de ano. Eu seria reprovada, palmas para mim.

NO PISCAR DE UM OLHO

Queria ser reprovada para afrontar meu pai e mijar no meu território. O que significava não ter que passar por aquela situação da festa junina de novo, quando mostrei minha foto de roupinha matuta ao lado dos amigos de que mais gostava. Seu Giovani disse: "Amor, por que não ficar mais próxima de fulano? Por que ser tão amistosa com cicrano? Beltrano é herdeiro da empresa Tal, sabia?". Não, pai. Eu não sabia quem era o dono da empresa Tal. Eu estava pouco me fodendo para a empresa Tal em particular, e para os donos de empresa em geral. Sabe por quê? Porque eu já tinha o desafio de atrair a atenção de João Guerra. E era difícil, ele estava sempre ocupado. Jogando basquete, ouvindo alguma banda de Seattle, ficando com uma menina mais bonita que eu. Ou então pulando o muro da escola para fazer sabe-se lá o quê na rua. Um dia, eu vi a cena. Ele percebeu que foi flagrado e, antes de descer do muro, piscou o olho esquerdo para mim.

Repetir de ano, ora, grande coisa! Mas era tudo o que eu tinha, isto é: que armas uma menina tem quando precisa urgentemente se rebelar? Na verdade, essa decisão não era tão consciente quanto parece, eu tinha metade coragem, metade medo de fazer cagada. E até a festa na casa da amiga-reprovada-para-meu-convívio-por-preconceito-de-classe eu tinha me decidido por recuperar as notas. Mas já não era mais possível.

Na entrega do boletim, me lembro bem: a coordenadora de monocelhas enormes chamou os dois piores alunos da classe. Não pude evitar um pensamento: quando eu ficar coroa, com a idade da coordenadora, será que me restará um bigode desses no meio da testa? Alisei minhas sobrancelhas grossas delimitando a área certa para cortá-las, enquanto esperava o anúncio da minha repetência. João Guerra estava lá, numa das cadeiras do fundo, provavelmente com a mesma certeza de não escapar. Será que isso nos fazia, finalmente, *iguais*? Olhei para ele como quem envia um raio hipnótico. "Você pode me mandar outra piscadela daquelas, moço?" Mas ele tinha algo melhor a fazer: rabiscar nervosamente no caderno. Ou na mesa.

E então, veio o resultado.

Que merda. Que merda.

Cheguei em casa com o boletim numa das mãos e o coração na outra. Com certeza, aquilo era coisa dele. Fechei a porta do quarto, liguei a televisão no volume máximo para ninguém me ouvir chorando, joguei os tênis pro alto com um coice (clichê *again*). Aquela foi a primeira vez que pensei, concreta e objetivamente — não metafórica, não simbolicamente — a primeira vez que pensei concreta e objetivamente em matar meu pai.

TRÊS EXCLAMAÇÕES

Ele agia assim, na surdina. Por conta de episódios como esse, passei anos sendo moralista, caga-regras, o farol da humanidade. Tinha problemas com quem derrapasse nas menores mentiras, aquelas que dizemos a quem engordou ou tem uma espinha saltando do nariz; daquelas que te fazem ser uma menina educada, boa vizinha. Eu virei Giulia, a Ultrassincera.

Não sei exatamente como seu Giovani conseguiu aquilo, me passar de ano. Não sei se foi com dinheiro, com joguinhos de manipulação, ou com os dois. Para mostrar exatamente como me senti, recuperei aqui um pedaço do diário, um fragmento de carta numa cidade fantasma. Como pode a sua caligrafia mudar tanto, a ponto de o texto que você registrou há anos ser mais diferente de você do que se fosse de outro?

"*Meu pai é uma coisa grotesca!!! Quando ele não pensa em ganhar dinheiro, é porque está pensando em... bem, ele só pensa em ganhar dinheiro!!! Não consigo entender o que minha mãe viu nesse cara. Será que ela tava fumada? Neste sábado não vou pra festa da Ju, simplesmente não vou, porque tem outro banquete sem graça, com aquela música de velho e gente brega. Por culpa dele!!! E o pior, é em Belo Horizonte. Nem dá pra fugir.*"

Deixei as três exclamações por autenticidade. Aliás, acho que essa seria uma boa maneira de me definir naquela época: Giulia, A Menina Das Três Exclamações.

AMBROSIA EM BEAGÁ

Era na casa de um velho amigo de meu pai, que hoje está preso. Marcos, o nome do cara. Naquela época, ele já estava rico graças a uns negócios com gente importante. Era do interior de Minas, completamente careca, olhos arredondados, algum sotaque, sobrancelha gorda. Ele disse:

— Mais tarde, pede a seu pai pra ver o que eu trouxe da fazenda.

Eles tinham fazenda, algumas fazendas, eu acho. Marcos queria mostrar um cavalinho, ou potro. Aliás, não era cavalo, era égua, a Dolores. Perfeito para a criançada que morria de tédio. Éramos quatro os filhos de convidados, todos entre onze e quinze anos. Eu era Giulia, a Boneca Barbie.

De mansinho escapamos dos nossos pais, fugindo daquelas mesas brancas cheias de detalhes cafonas (mais tarde minha cabeça iria misturar esta festa com as cenas do casamento do Poderoso Chefão, o filme, não faço ideia do porquê.

Talvez para me proteger do que rolou naquela noite). Cheguei ao salão de doces e vi Clarice e Clara, as gêmeas de catorze anos, colocando uma colherada de alguma coisa gosmenta no prato.

— Experimenta esse aqui. É ambrosia.

Gostei dela imediatamente, da Clarice (não da gosma). Ambas eram loiras, mas não idênticas, e a distinção era simples. Clarice era linda, Clara era feia.

— Você é filha de quem?

— Giovani. O bem alto, de barba. (Devia ter dito: do que só pensa em grana.)

— Eu sou filha do gordo, de barba branca.

A irmã dela falou comigo burocraticamente. Agradeci aos céus por eu mesma ser filha única. Ficamos comendo, comentando sobre as músicas de elevador da festa, dando risada. Até que chegou Victor, para saber se queríamos ver Dolores.

Victor, de uns quinze anos, já tinha recuperado a altura e superado o tamanho das meninas. Era um garoto ruivo, de sardas, olhos azuis como eu nunca tinha visto e mais músculos do que o comum para a idade. Era charmoso, mas não ao ponto de pular o muro da escola e me dar uma piscada de olho.

Ele disse:

— Vocês já viram uma égua de meias?

Eu respondi:

— Pediram pra eu falar com meu pai quando quiser ver.

— Tá tudo arranjado. Eu mostro o caminho, se você me der uma colher disso.

ROMANCE IN DURANGO

Andamos um pouco para longe da piscina, saindo do centro da festa, por uma estrada de pedra natural. Clarice e Clara foram atrás, e eu caminhava ao lado de Victor, e era Giulia, A Garota Deslumbrada.

Como seria bacana se a minha vida não fosse a chatice de sempre — lembro-me de ter pensado coisas dessa ordem, sobre a literal e metafórica grama do vizinho. Victor falou sobre outras festas naquela mansão. Mencionou que um dia trouxeram uma fonte, digo, um chafariz, só para pagar uma aposta de pôquer.

Chegamos ao local onde levariam Dolores. Pelo outro lado, veio o animal marrom escuro, de manchas brancas nas patas como meias soquete. Um trote docilmente conduzido pelo filho do caseiro, um menino com dezesseis anos, no máximo, que chegou mais calado que a égua. Até que finalmente Clarice e Clara apareceram. O filho do caseiro disse algo com o sotaque das entranhas de Minas. Victor traduziu:

— Ele tá dizendo que não pode dar com o chicote.

Victor pegou o chicote das mãos do menino e ficou brincando com o objeto. Clarice queria porque queria subir no cavalo e usou a mão do filho do caseiro como escada. Estava sem o chicote, que Victor ainda mantinha na mão esquerda. Porém, antes que alguém precisasse fazer uso dele, bastou um tapinha de cavalariço e Dolores andou.

— Vou voltar pra festa, vocês vão fazer merda.

Clara, a insuportável, voltou pela estradinha de pedra natural. Clarice seguiu com a égua Dolores. O filho do caseiro foi atrás, caso alguma merda já profetizada ocorresse. Ficamos sozinhos, eu e Victor.

— Você tem a maior cara de europeia, sabia?
— Isso é uma cantada?
— Foi ruim assim?
— Foi.

Achei que a resposta surtiria algum efeito, mas ele pareceu *esperar* por isso. Em vez de se intimidar, apertou um botão do MP3 *player*.

— Já ouviu esta música? "Romance in Durango".
— Nunca. E não falo inglês nesse nível.
— O cara matou um homem e está fugindo a cavalo. Ele sonha em encontrar o vilarejo da infância deles em Durango.

Ouvíamos a música. Ele fez um comentário que parecia ensaiado.

— Durango deve ser um lugar onde se toca muita rabeca.

Eu ri. Nesta hora, Victor veio em minha direção para me beijar.

— Olha, acho melhor não.

Mas ele não queria exatamente o meu consentimento. E na altura em que o cavalo de Clarice retornava, o filho do caseiro a reboque como um salva-vidas, Victor me puxava para pegar nos meus peitos (se é que podemos chamar esses peitos de peitos). Reagi. Ele me fitou os olhos, como um demônio. Clarice perguntou que bosta era aquela, nestes termos: "Que bosta é essa, Victor?". O menino respondeu dando com o chicote no lombo de Dolores. A égua revidou com um relinchar agudo e metálico. A crina arrepiada. Patas traseiras no chão. Patas dianteiras no ar, livres, cócegas no vento. Clarice caída aos meus pés (*Dylan, was that the thunder that I've heard?*).

As rabecas gritavam furiosamente e eu quase pude ver o vilarejo em Durango, mas não, não eram rabecas! Não era mais a música do Dylan, era apenas uma sirene de ambulância que chegou, branca e vermelha, na cor das minhas bochechas. A mãe de Clarice esperneava com a boca cheia de ambrosia, e nós olhávamos uns para os outros, como quem é pego com o dedo na tomada.

OLHO ROXO

Cada convidado foi com sua família para um lugar da mansão. Por revolta, ou pela ficha não ter caído, eu ainda não tinha chorado. Mamãe me abraçou e ficamos juntas em silêncio, na biblioteca. Meu pai entrou, me olhando nas meninas dos olhos.

— Quero saber exatamente.

Contei tudo. Até sobre as mãos de Victor. Mamãe cerrou os dentes e meu pai tossiu, puto, com seu orgulho de chefe de família em frangalhos. Saiu batendo a porta.

Uma hora depois, veio nos buscar na biblioteca. Tinha um motorista e tudo pronto para sairmos. Os outros convidados também saíam, cada um em seu carro. Quando estávamos entrando no nosso, veio o pai de Victor.

— Giovani, que situação.

— Melhor a gente se falar depois.

— Eu perco a cabeça, perco a cabeça!

— Vamos nos falar depois.

Entendi, na hora, que Victor havia levado uma surra daquelas e tive alguns segundos de orgulho do meu pai. Mas só alguns, porque na frente do portão estava o filho do caseiro de olho roxo. Chorei copiosamente. Meu pai disse:

— Eu acredito em você, Giulia. Mas foi a minha palavra contra a de... (o nome do pai de Victor). Você sabe *quem* ele é?

USE FILTRO SOLAR

Meu pai era inalcançável. Mas eu bem que tentava. Numa dessas tentativas, me inspirei em algum filme de baixo orçamento, desses que replicam Romeu e Julieta com outro nome. Amores proibidos, famílias rivais, aquela coisa. O problema é que minha família jamais rivalizaria com outra que fosse rica, como supôs a vã filosofia de Shakespeare. Ricos ficam amigos, bebem juntos, se casam. O que deixaria o senhor Giovani realmente indignado era se eu encontrasse um Romeu no seio da plebe.

Um dia eu estava na piscina torrando no sol enquanto Silas, filho do caseiro, regava o jardim. Pedi que ele viesse passar filtro solar nas minhas costas. Meu pai passou pelo portão e parou, ainda com a mala e o paletó nas mãos (chegando de viagem) e respirou fundo como quem bate com a canela no pé da mesa. Fingi uma cara de "puxa, você me pegou, hein" — que, pensando bem, deve ter sido mal dissimulada para caralho — e Silas quase teve um infarto do miocárdio. Meu pai prosseguiu, como a *top model* que cai e levanta; deu um alô e seguiu de boas para dentro de casa. Dias depois, jantávamos na sala e mamãe perguntou se eu estava namorando. Meu pai, na cabeceira, fingia se preocupar com sua salada e nada disse, inclusive quando respondi.

— Sim, mãe.
— Passarinhos me disseram.
— Pois é.
— E quem é o rapaz?
— Os passarinhos não disseram?

Ela olhou para o meu pai enquanto bebia o vinho branco, e deixou revelar por essa olhadela que não tinham lhe contado toda a história. Sei lá como seu Giovani fez chegar a informação aos ouvidos da dona Zélia; por meio de que método aquilo foi denunciado. Não me fiz de rogada.

— Estou namorando o Silas, filho de seu Manoel, caseiro, mulato e pobre.

Mamãe, no mesmo momento, estourou uma gargalhada metálica tão alta, que eu e meu pai tivemos de sorrir como reflexo, contra a vontade. Quando nos recuperamos, ele manteve o salto alto e fingiu, com a velha elegância de sempre, que estava alheio à situação. Mudamos de assunto, mas eu sabia que o golpe fora bem dado, muito bem dado, como ficaria claro depois. Hoje, entendo que eu não podia enganar uma raposa como meu pai com aquela bobagem de filtro solar, quer dizer: ele não se convenceu de que eu estava com Silas, não era esta a questão. A questão é que ele começava a perceber que eu sabia onde futucar. Era só mexer com o seu lado escravocrata.

O SOL NO BRAÇO

Como não amar minha mãe? Era inquieta, verde, gostava de bagunça, barulho, gente. Tinha também suas procissões secretas, olhares de mosteiro. Mas rapidinho, lá estava ela de novo, cantando, dançando, bebendo. Foi pra ela que fiz minha primeira tatuagem: um sol saindo de trás da montanha e a letra do calígrafo compondo a palavra Zélia.

GIULIA, A GAROTA QUE OPINAVA [CENA 2]

Cenário: sala da adolescente problemática. No lugar de cabeças de alce, cabeças de empregados na parede (Demais? Avaliar). Giovani (pai da adolescente) está sentado à mesa, fumando charuto. Ele chama a filha, que entra em cena.

GIOVANI: Giulia? Venha cá, por favor.

Giulia entra e beija a mão do pai com uma certa ironia. Ela senta-se e os dois conversam.

GIOVANI: Estive pensando nas suas opções. Acho que Direito pode ser uma boa ideia. A Federal de Pernambuco tem tradição. Seu diploma vai ter peso... compreende?

GIULIA: Ainda estou em dúvida, pai.

GIOVANI: Dúvida? Entre Direito e o quê?

GIULIA: Entre tudo e tudo.

GIOVANI: Outra vantagem é o escritório de um amigo meu. Você pode começar lá. E ter onde começar faz toda a diferença, você sabe.

GIULIA: Pai, sinceramente: e se fosse outro curso? Não se assuste, tá? É que... eu queria estudar teatro. Só para testar. É minha primeira graduação. Posso optar por algo depois, se não der certo. Mas, agora, enquanto temos condições, talvez eu pudesse...

É interrompida por uma longa e exagerada tosse do pai.
Uma tosse muito alta e escandalosa.
Uma tosse ofensiva.
Ambos ficam em silêncio.
Giovani fala.

GIOVANI: Desculpe. Olha, eu entendo você. Você gosta de escrever, você escreve bem. E *acha* que quer fazer teatro. Mas vá por mim. Você nasceu pra ser advogada.

Ambos ficam em silêncio.

GIOVANI: Mas não quero pressionar você, Giulia.

Agora, Giovani levanta e a luz cai. Resta apenas um spot em cima de Giulia que vai até o centro do palco. Giovani começa a andar em círculos ao redor da menina, jogando a fumaça do charuto nela (trocar por talvez, um defumador?) dizendo repetidas vezes:

"não quero pressionar você, Giulia!". Playback solta essas frases pra dar efeito de eco. Luz com efeito psicodélico.
Luz se apaga.

Fim da Segunda Cena.

UMA BELA MOLDURA

No fim, simplesmente apertei o foda-se. Menti no vestibular, que fiz para artes cênicas e passei em primeiro, mal tendo estudado. Menti por anos, quando ia para a faculdade. Meu pai sempre achou que eu estava numa turma de Direito, mas eu ia me perder e me encontrar nos palcos, com gente sem eira nem beira; pobre de grana e rica de coisas que ele nunca teria. Passei quatro anos assim. E, agora, prestes a me formar, não planejo nada além de uma bela moldura para o diploma de artista, que farei questão de dar em suas mãos.

Fazer teatro foi foda. A primeira coisa a ser quebrada foi meu moralismo. Depois de tantas mentiras do meu pai, virei uma fonte de água que, já tendo passado por verões insuportáveis, evaporava ao menor sinal do sol, às vezes refletido de uma pequena pedra branca. Com o mínimo de calor, digo, com o mínimo de mentira, eu fervia. Ou seja: tinha virado uma vaca.

Mas ali, ninguém estava interessado nos meus traumas, nos problemas com meu pai, no meu nariz fino, nas minhas sobrancelhas grossas, nesses peitos ridículos. Meu dever era apenas jogar com os outros, que é o que se faz em cena, e não se entra num jogo de igual para igual quando você desconfia de tudo. É mais fácil quando você ri de si mesma e canta como se tivesse voz para isso, é mais fácil quando você ensaia até tarde da noite e troca as deixas para forçar o improviso, é mais fácil quando você se joga fisicamente pra trás, esperando que o outro segure, ignorando o aviso do cérebro que diz: *ei, esse mané vai te deixar cair*; é mais fácil quando você se deita, suja, atrás do palco, falando com voz de criança, esperando que o tempo parasse de correr. Eu queria ser atriz. Eu precisava ser atriz.

AUSCHWITZ

Estou num boteco daqueles típicos de faculdade. Balcão de madeira, ladrilhos na parede, máquina registradora com trinta anos de uso sem limpar. A Disney do ácaro. Ali escrevo, decoro textos, mato aula. É uma noite insignificante de terça-feira e estou sozinha no canto do bar brincando com uma caneta azul sem latim. Alguém se levanta de outra mesa.

— Você vai ser a pessoa que mata a vaca.

É comigo? Olho para trás, esperando algum funcionário de frigorífico, mas o que vejo é uma parede com um pôster da Brahma.

— Você aí, você mesmo. Você vai ser a pessoa que mata a vaca.
— Eu te conheço?
— Não precisa. Você faz teatro?
— ...
— Faz ou não faz?
— Estudo artes cênicas.
— Porra, então você vai ser a pessoa que mata a vaca.

Ele tinha, sei lá, a mesma idade que eu. Estava ligeiramente bêbado, era branco, nem magro nem gordo e não muito alto, quer dizer: baixo, de olhos claros, barba cerrada, exageradamente descabelado. Já tinha visto o garoto andando pelos corredores do setor. Nunca atrás de uma vaca.

— O grande lance é o seguinte: você vai pra um restaurante desses perto da praia e tem o quê? Vidros. E dentro dos vidros? Caranguejos. Aí você vem e escolhe o bicho que quer, o maior, o mais vermelho, o mais parrudo. O menos preparado pra morrer. Alguém da cozinha pega, mata e o traz num prato com, talvez, leite de coco. Você come, você bebe, você vai pra casa feliz.

— Não gosto de caranguejo.
— Não me interrompa!

Deixei a caneta cair com o grito. Podia ter me desvencilhado do rapaz e ido à biblioteca, ou mandado a criatura ir à merda, mas algum poder magnético manteve minhas pernas imóveis.

— Estamos tão adormecidos nesta lógica do assassinato que não vemos o quanto comer cadáver é doentio. A ideia é essa: uma garota como você entra num restaurante desses de gente bunda-mole e estão lá eles, os aquários. E dentro, em vez de caranguejos brochas e assustados, com suas patinhas de merda, o que teremos? Vacas. É a *steak house* dos sonhos, percebe? Você aponta seu dedinho e diz: quero esta. Alguém vem e dá uma paulada na cabeça da vaca e prepara seu filé. É isso. Apenas um cenário, uns dois ou três atores, uma placa com o nome do restaurante que ainda não sei... ainda não sei o nome...

— Auschwitz.

Ele me olhou nos olhos pela primeira vez. Eu disse de novo, mais alto.

— Auschwitz. O nome do restaurante.

O cara arregalou os olhos.

— Auschwitz. É isso. Você gosta da ideia?

— Não, acho uma merda.

— Uma merda?

— Não faz sentido. Uma vaca tem carne demais. Demoraria metade de um dia para alguém comer.

Ele ficou atordoado. Tentou pensar em algo e revidou.

— É uma metáfora.

— Uma metáfora ruim.

— Então por que você disse Auschwitz? É um bom nome.

— Fique com o nome. Reescreva a cena.

Antes de sair, eu ainda disse como quem pisa no pescoço da vítima:

— E penteie o cabelo.

TRALHAS E UMA NOTA DE CEM

Eu era Giulia, A Menina Razoável. Eu pensava demais, eu ponderava, eu calculava as nuances. Eu não sabia me perder no meio do mato sem um mapa, então precisava estar perto deles, dessa gente. Precisava parar de pensar.

Nos dias seguintes, eu e Auschwitz, a alcunha que dei a meu novo amigo descabelado, saímos para comer alguma coisa, falar sobre teatro, cinema, música. Sentamos num tradicional bar boêmio do Centro. Quando olho para o lado, estou entrando na quitinete dele, onde achar a cama foi quase impossível diante da quantidade de camisas amarrotadas, papéis embriagados, desenhos errantes, tralha. Depois que transamos, levantei ofegante, ajeitei minha roupa e joguei com certo efeito cênico uma nota de cem.

— Chame uma faxineira se quiser me ver de novo.

Passamos a ler os mesmos livros, a sair com os mesmos amigos, a ouvir as mesmas músicas e a discutir pela madrugada sobre teatro.

E isso foi bom.

Passamos a vestir as mesmas roupas, a repetir as mesmas piadas, a gesticular igual e a decorar a fala um do outro.

E isso foi melhor.

A CAVERNA

Ele chamou a faxineira. Ficava mais fácil pegar minha bolsa na saída do apartamento agora, porque eu conseguia vê-la. Porém, antes que nosso caso desabasse na insignificância, decidimos escrever uma esquete.

Era para uma feira universitária. Virou um desafio, saíamos para beber, transar e escrever a nossa montagem transgressora. Ainda tenho o texto por aqui, em algum lugar, como um pedregulho caído de um asteroide.

Basicamente, era uma releitura da alegoria da caverna. Mas a peça era toda feita com títeres, aqueles bonecos articulados lindos, controlados por cordas. O protagonista chamava-se Lúcio. Ao abrir das cortinas, ele chegava para os outros títeres e dizia o óbvio: que todos ali, inclusive ele, eram marionetes. Lúcio dizia que aquilo se tratava de uma peça, que tinha provas de que todos eram movidos por cordinhas invisíveis e que nunca conseguiriam uma ação original sequer.

Os outros riam, zombavam dele. Mais ou menos na metade da peça, Lúcio conseguia uma prova de sua teoria: um pedaço de corda! Era uma prova irrefutável. Mas aí, claro, os outros personagens deixavam de achar Lúcio apenas um irresponsável e passavam a enxergar a ameaça daquilo tudo. No final, todos os personagens matavam Lúcio, sem que antes se acendessem as luzes e ele apontasse para a plateia — verdadeira comparsa da tragédia anunciada.
O problema?
Como caralhos se mexe naquelas cordinhas? Não fazíamos ideia! E só notamos isso depois do texto todo escrito, as devidas rubricas, as músicas. Levamos a peça até o último degrau da escada ignorando, inexplicavelmente, que não tínhamos a menor condição de andar em frente.

PENUMBRA PROVIDENCIAL
Era uma noite de quinta-feira, eu estava na quitinete. Teríamos de começar os ensaios na segunda ou reescrever tudo. A mão direita percorria possibilidades. A esquerda namorava uma garrafa quase vazia, quase triste, de água com gás. Auschwitz chegou fumando dois cigarros ao mesmo tempo e sentou-se ao meu lado. Lembro-me agora da contraluz pela janela e que escondia seus olhos de mim.
— Giulia, pensa comigo.
— Quer água?
— Não. Pensa comigo: quem é foda nessa coisa de marionete?
— Aqueles atores lá de Minas. Você já disse.
— A gente tem que chamar os caras aqui. Dá tempo.
Auschwitz devia ter pensado muito no que ia dizer. Ele gaguejava quando pensava muito. Fiquei impaciente.
— De novo isso? Não tem grana, você sabe.
— ...
— Já botamos no papel. Não tem grana.
— Tem, sim.
— ?
— Seu pai tem.

A garrafa na minha mão começou a me arranhar. Que sorte a desse cara eu não poder ver seus olhos.
— Você quer que eu peça emprestado, é isso?
— Sim.
— Você é imbecil ou o quê?
— Isso é orgulho, Giulia. Orgulho.
— Isso é vergonha na cara.

Neste momento, os cigarros caem no chão. Ou flutuam, como um astronauta. Ele entra na luz lenta, decididamente, e segura com gentileza minhas mãos. Como quem pega num títere. Ouço sua respiração. E então, Auschwitz dá voz ao texto premeditado de um bilhete suicida.
— E se a gente roubasse?

A luz da janela veio acompanhada de um vento mais frio. Ou foi porque eu me levantei de repente. Minhas pernas se acobertaram, aconchegadas, ou foi porque eu vesti minhas calças. Consegui obter o silêncio de Auschwitz, felizmente, o que me impediu de esmurrá-lo. Desci as escadas e nunca mais estive ali.

Para saber como me senti nessa hora, pense em mim como um cara negro que, andando na rua, de noite, visse uma ameaça à sua frente, um ladrão: mas calma, não era nada, era só outro negro. E então, esse rapaz flagra, abismado, a si mesmo sendo racista. E percebe em si mesmo aquilo que sempre combateu.

Meu pai estava em todo lugar.

VÁRIAS

Fui várias Giulias ao longo desses anos. Gosto de algumas: Giulia, A Militante Feminista. Giulia, A Atriz CDF. Giulia, A Menina Que Organiza A Conta do Bar. Giulia, A Sister Que Joga Videogame Com Os Meninos. Giulia, A Garota Que Manja De Português.

De outras Giulias, tento me livrar.

HEIL!

Voltando no tempo: na semana seguinte ao episódio do filtro solar, eu tinha viajado no fim de semana. Assim que cheguei, percebi, pelos cochichos da empregada com minha mãe, pelo silêncio do cachorro; por tudo, percebi que algo tinha acontecido. Seu Giovani queria fundar um novo *Reich* em Recife.

GIULIA, A GAROTA QUE OPINAVA [CENA 3]

CENÁRIO: *residência do caseiro vazia, sem móveis, sem nada.*
Giulia entra, olhando pros lados, aterrorizada ao notar que a família não mora mais lá.
Leva as mãos ao rosto. Faz um giro ao redor de si mesma.
E então, cai no chão, em prantos.
Está de bruços chorando alto.
A luz baixa e escurece o palco, restando apenas um spot no centro, exatamente sobre ela.
Lentamente, os soluços de Giulia começam a parecer uma risada.

(A ideia é deixar a plateia em dúvida crescente, se é choro ou riso.)

Aos poucos, percebemos que sim, que ela está rindo.
Nervosa, histericamente.
Giulia levanta gritando, enquanto gargalha.

GIULIA: Sabe do que eu tô rindo, pai?
Claro que não! Como poderia saber?
Você demitiu o caseiro, expulsou meu amigo, criou uma redoma entre sua filha e os pretos pobres e pardos, não foi?
Achava que ia me derrubar.
Mas estou de pé! Porra!
Sabe por quê?

Agora ela muda o tom e responde baixo, se recompondo. Quase tendo compaixão.

GIULIA: Porque eu nunca vou ser igual a você.

Agora, para de rir e se arruma. Limpa as lágrimas (de choro e riso), faz um olhar altivo e sai do palco.

Fim da Terceira Cena.

...

Que cena linda: chuva de vidro e nuvem de pó pela cadeia. Se fosse coca, uns amigos matariam por canudos em Brasília. Podia ser também cinza de defunto. Sabe cinza de defunto? Sempre achei um trem esquisito ter o defunto guardado numa urna, ao lado do velho testamento, a decorar a prateleira da sala. Mas o pior é que sempre vem o porta-retrato oval do camarada vivo, ao lado da caixa com ele morto. Não entendo. É gente que acha estranho enterrar o corpo e convive pacificamente com seus restos no meio do cafezinho com a visita. Então, podia ser cinza de defunto, já que a vida que me restou era quase a morte. Podia ser, mas não era. Era só areia. Apenas areia fina de um jardim zen, daqueles que vem com arado em miniatura. Onde já se viu, eu usando jardim zen? Na primeira oportunidade arremessei contra o teto, quicou na parede, demorou para cair. Se tivesse bebido, podia dizer que flutuou no espaço. Um espetáculo, a poeira indo bater na réstia de luz! — bem que disseram que aquilo acalma.

Ela estava ali, portanto, a pilha de pó, sujando a parte da cela onde ficava a porta. O médico sequer notou quando passou por cima. Entrou segurando seu bigode, como se pudesse cair a qualquer momento, talvez no braço do agente penitenciário atrás. O doutor apertou minha mão higienicamente, por certo, satisfeito em ver sua galinha de ovos de ouro cacarejando. Eu conheço bem esse tipo de gente, normalmente usa terno e tem cadeira no congresso. Era mais um sanguessuga reduzindo meu dinheiro. Talvez fosse o pior deles, o pior dos sanguessugas, porque sempre que se retirava me deixava mais sozinho, mais insone, mais na merda.

Cada sanguessuga tinha um plano de ação diferente. O do senhor doutor consistia basicamente em falar o mais devagar possível, com perguntas que girassem em torno do próprio rabo; tudo só para ver o tempo se arrastar. Demorou um pouco, mas descobri o porquê: o puto ganhava por hora.

— Olá, Marcos. Como vamos?

— Indo.

— Nossa, como está complicado vir aqui. A revista que eles fazem piorou. Dessa vez tive que tirar até a roupa. Tem um guarda meio, digamos, moreninho...

Outro trem insuportável. Não apenas o doutor, mas toda e qualquer visita choramingava suas dores para mim, um bando de mulher. Pelos motivos mais exóticos, tinham sempre algo para reclamar, uma farpa grande na mão, um fio de cabelo fugindo do nariz. Incrível não terem percebido quem é que estava na cadeia.

— ... revistar alguém assim é um achaque. Eu sou um senhor de idade!

— ...

— Desculpe. Não tem a menor importância. Vim para ver sua saúde, não é? Vamos prosear um pouquinho?

Sem deixar que o bigode caísse no chão, Doutor Lesma sentou-se na cadeira à minha frente. Deslizou sua valise pela lateral da perna e pousou o bloco vagabundo de papel com espiral no colo. Um médico dessa estirpe não podia ter um tablet?

— Bem, vamos começar do começo. Você tem notado alguma coisa diferente do que relatou na consulta passada?

— Não anoto a consulta, doutor.

— Na consulta passada você disse, deixe-me ver, que estava se sentindo "depressivo, com pensamentos destrutivos, crises de pânico" e, o que chamou de...

— De?

— "Vontade de tacar fogo no paiol."

— Sou bicho do mato, doutor. Vez em quando dá vontade de tacar fogo no paiol. O senhor já viu um paiol?

— Creio que não.

Como eu podia ter contratado um médico que nunca viu um paiol?
— O senhor sabe me dizer como contratei um médico que nunca viu um paiol?
— Não.
— Nem eu.
— Olha, considero que somos amigos. Mas, Marcos, de novo você demonstra um comportamento reativo.
— Você é um amigo que ganha por hora para me ajudar.
— Não se trata disso, Marcos.
— Tudo bem. Pode prosseguir. Estou sendo reativo.
— Passei pra você Clonazepam e Fluoxetina. Está tomando?
— Sim.
— Alguns dos sintomas que você mencionou na consulta passada... aquilo mudou?
— Não, doutor, não mudou.
— O que não mudou?
— A vontade de tacar fogo no paiol.
Esse tom maternal dele é que era o problema. Como eu estava a léguas de um amigo, tudo que parecesse fraternidade me comovia. Na consulta passada mesmo, não por acaso, tinha mandado ele tomar no cu.
— Aconteceu algum evento diferente estes dias?
— Quebrei meu jardim zen.
— Como foi?
— Bonito demais da conta.
— Certo. Você continua pintando?
— Sim.
— Sente prazer em pintar?
— Se um dia você estiver num maremoto, pincel é melhor que remo.
— Hein?
— Pintar diminui a minha pena.
— Eu sei disso. Mas você sente prazer?
— Considerando minhas opções, sim.
— Prazer... na... pintura.
O médico ajeitou os óculos como um ladrão de joia. A ler-

deza dele escrevendo aquelas duas ou três palavras era tão absurda, que quase pude ouvir as moedas saindo da minha conta e indo para dele.

— Bem, doutor, teve um trem diferente sim. Sumiram com meu assessor.

— Assessor?

— Ele lê os jornais pra mim. Bota tudo numa pastinha. Evita, às vezes, que eu tenha raiva.

— Sumiram como, foi morto?

— Não seja ridículo. Faltou ao trabalho.

— Ah.

— Amontoou tudo pra eu ler, mas tempo não me falta.

— E você teve?

— Tive o quê?

— Raiva?

— Não.

Na medida em que disse não, senti a voz fraquejar com a frase sumindo no fim. Devia haver uma palavra para cada sentimento neste mundo, mas não havia.

— Não no sentido que imaginei. Quando contratei era porque ainda falavam muito de mim.

— E como você se sente diante disso? Você não está mais nas revistas, nos jornais, na televisão. É bem comum a vítima sentir falta do algoz.

— Já mandei o senhor tomar no cu?

— Na verdade, já.

Eu vendia jornal, modéstia à parte. A imprensa me amava com aquele amor inconfessável que dedicamos às putas. Infelizmente, a manchete nem sempre era bem feita. Mas eu guardava todas.

1. PUBLICITÁRIO NEGA EXISTÊNCIA DE ESCÂNDALO
(A palavra "existência" é desnecessária.)
2. "EMPRESTEI AO PARTIDO", DIZ PUBLICITÁRIO
(Emprestei o quê?)
3 PUBLICITÁRIO VOLTA A NEGAR EXISTÊNCIA DE ESCÂNDALO
(Palavra "existência", desnecessária de novo)

4 COAF CONFIRMA ELO ENTRE FUNDO E PUBLICITÁRIO
(Para o brasileiro médio, que porra é COAF?)

Manchetes mal escritas interrompiam meu pensamento como intervalos comerciais. Nessa hora, acendi uma cigarrilha. Tinha decidido não fumar charuto nervoso. Mas cigarrilha não tinha a menor graça, não ia me deixar viciado. Enquanto o algoz persegue a vítima, ela foge, tem ódio mesmo, se mantém ativa. Quando a perseguição acaba, só resta aquela sensação de abandono. Supor que no meu caso acontecesse isso, que eu sentisse falta da execração da mídia, era um trem sofisticado demais para mim, sendo lá de onde eu sou, vindo lá de onde eu vim. Tinha mais coisa para sentir falta. De qualquer maneira, o doutor estava ali para ajudar.

— Não quis ser grosseiro. Eu não sou grosseiro, doutor.
— Tudo bem.
— Não quis ser grosseiro, doutor.
— Tudo bem, Marcos.
— O que você anotou agora, doutor?
— Você tem este comportamento. É explosivo e se arrepende. Já falamos sobre isso.

Puxei a cigarrilha com os lábios e minha boca adormeceu. Eu tinha deixado o doutor com aquela sobrancelha suspensa de quem quer uma resposta.

— Recebi o jornal na íntegra, como falei. E vi uma coisa que me incomodou. Ainda não sei bem por quê.
— Alguma coisa sobre o seu caso?
— A foto de um amigo num restaurante, no Rio. Isso me incomodou. Quer um trago, doutor?
— Não, obrigado.
— Eu já tinha lido o jornal inteiro. Estava na coluna social e vi essa foto.
— E daí?

Peguei a mim mesmo evitando o assunto, por algum pudor esquisito. Ele percebeu. Isso me deixou envergonhado, e em seguida, puto por sentir vergonha.

— Esse cara estava comigo no começo de tudo.

— No começo do quê?

Em 1998, na campanha do governador. Fazia parte do time. Mas no fim da eleição, pulou fora quando fomos operar em Brasília.

— Certo. Mas não estou en...

— Eu vi no jornal: ele bebia vinho no Rio de Janeiro, com o cristo de braços abertos, o bondinho, Ipanema, e eu aqui, falando com o senhor doutor na cadeia, entre um guarda querendo me extorquir e a mídia querendo me execrar.

— Isso deixou você mal?

— Ele está livre!

—...

— Desculpe, eu não sou grosseiro. Isso me deixou de um jeito que não sei bem como é.

Nesta hora, o doutor limpou os óculos na camisa branca de botão. Não consegui ler seu pensamento. Percebi que passava o algodão da manga sobre a lente só para funcionar melhor; quer dizer, o óculos não estava sujo de verdade. Levantou, disse que era hora de fazer uns exames e trocou seu rosto de mãe por outro, mais sisudo, a face que se espera de um médico caro. Auscultou meu coração e pulmão, deve ter ouvido o batuque certo. Olhou meus olhos, boca, colheu o sangue.

— Continue com os remédios. Mantenha os exercícios físicos e de respiração. Pare de ler os jornais. Vou receitar um outro medicamento, para os momentos de maior instabilidade.

Levantou-se, ajeitou o bigode pela enésima vez, passeou as mãos pela barriga tirando um pó inexistente da roupa (ou era a cinza do finado jardim zen?). Olhou para a parede como se procurasse por um detalhe perdido, mas não foi um gesto espontâneo; parecia mais uma tentativa de mostrar, para si mesmo, que era uma sumidade médica. Percebi que ia embora e tive um súbito medo de ser abandonado, de nunca mais ver ninguém, de morrer soterrado por uma nuvem de pó. Pedi que ficasse.

— Pago dobrado.

— Não é por dinheiro, Marcos.

Saiu, me olhando com a mistura de nojo e pena. Seus passos e os do agente penitenciário foram sumindo e fiquei sem ver a margem do rio, quase para me afogar. Meu coração bateu forte. Fiz a respiração. Pensei nos cavalos. No cheiro de mato molhado. Na couve com tutu de feijão da minha avó. Se um dia deixasse de ser esse pária que virei e você quisesse me conhecer, teria que entender como é a vida no mato. Alisar a crina de um cavalo com os dedos, sentir o cheiro do estrume, ter a terra na unha. Mas eu não estava em casa. Fazia um ano que meu lar era a Nelson Hungria. E a cadeia tinha me ensinado uma lição: toda vez que o coração fosse explodir, pensar em bosta de vaca.

    5 PUBLICITÁRIO NEGA REPASSE DE VERBA A OFFSHORE
    (E o povo sabe o que é "*Offshore?*")
    6 PUBLICITÁRIO IMPLICA PRESIDENTE
    ("*Implica*", isso lá é verbo que se use?)
    7 PUBLICITÁRIO PEDIU 200 MI PRA NÃO REVELAR CAIXA 2
    ("*Esconder*" é melhor que *não revelar*)
    8 PUBLICITÁRIO MUDA VISUAL E FAZ IMPLANTE
    (Puta que o pariu!)

Tem um trem que eu faço para me livrar das manchetes. Tagarelar de um lado para o outro da jaula. Aliás, eis aqui uma inconfidência: todo preso fala só. E com sotaque, o seu sotaque vai voltando como nos tempos de menino. É passar pela grade e pronto: você vira esquizofrênico. Simplesmente porque é impossível sobreviver sem esse expediente. Quando se está preso há um tempo, mais do que falar só, você discute só.
    — Mas e se der merda?
    — Dá merda não.
    — Mas e *se* der?
    — Pare de pensar que nem mulher, sô! Seja homem, sô!
    O tema da discussão entre mim e eu mesmo era Sete Lagoas, como sempre. Sete Lagoas era colado a Caetanópolis, onde ficava minha fazenda. Em vez de me prostrar obcecado pela liberdade, o que era um perigo, porque isso

vai corroendo como erva-daninha, eu só precisava focar no sonho possível. Ser transferido para Sete Lagoas era isso, o sonho possível. Uma prisão pequena, comandada por associação humanitária, do lado de casa, longe da imprensa. Quando os advogados foram ter comigo, dias depois, foi para levar a discussão para outras pessoas além de mim mesmo. Como eram três, tivemos que seguir o protocolo e ir para a sala onde se recebem visitas.

    Gostava de reuniões com advogados porque eles não choramingam, não escondem nada de você e parecem saber quem está livre e quem está preso. Os meus, eventualmente, até demonstravam se preocupar. Mas eu era apenas a vaca de onde os mosquitos tiram sangue, não vale a pena matar a vaca e secar a fonte. Você consegue entender esta relação e conviver com isso pacificamente, não é problema. A não ser que você ache que os insetos são amigos do rebanho. Aí você se fode.

— Tem argumento pra você ir e voltar pra Sete Lagoas duas vezes, se quiser, Marcos. Há farta jurisprudência e o direito é bom. Sem contar que o momento político ajuda. Acabou a eleição, agora a agenda é crise econômica, o impeachment. A presidente brigando com o congresso, apanhando da mídia, a operação Lava-Jato... ninguém fala mais de você.

— O que falta?

— Resumindo, política.

    Marcelo era o sênior da equipe, ou seja: o mais caro. Tinha uma virtude rara nesses tempos, a de só prometer aquilo que pudesse cumprir. Olhava dentro do olho que você tem dentro do olho. Obviamente, era necessário relevar o ar professoral. Ele costumava, a cada visita, repassar a estratégia toda, dando deixas para você completar a frase, como as tias do ensino primário.

— Vamos desde o começo: antes mesmo de você chegar aqui na Nelson Hungria, o que aconteceu, Marcos? A inteligência do presídio detectou, através de uma investigação independente, importante frisar: independente, que os outros presos iriam achacar, chantagear, extorquir você. Isso é o quê? Isso é o quê? Crime.

Era este o tom professoral a que eu me referia. Ânsia de vômito.

— Com base nisso, é perfeitamente cabível, mais ainda, é recomendável um pedido de transferência para onde você tem residência fixa. Sete Lagoas, ao lado da sua fazenda. Sua nova mulher mora lá. Seus advogados têm um escritório lá. Você tem parentes que dependem financeiramente de você lá. Compreende?

Marcelo balançava involuntariamente a cabeça, como se ele precisasse concordar com o que ele mesmo dizia. E eu achando que falar sozinho era grave. Quis fazer uma pergunta qualquer para deixar claro que ele estava no mesmo barco que eu, e a única que me ocorreu na hora foi sobre o achaque dos marginais, que nós havíamos coordenado.

— Existe algum risco de saberem que foi armado?
— O achaque?
— Sim.
— Não, isso não. Você foi chantageado, essa é a versão oficial, mais do que isso, a verdade irrefutável. Sete Lagoas está perto, Marcos. Mas quem dá a última palavra, como em tudo no seu caso, é o Supremo.

Nesta hora um dos outros advogados falou:

— Tem alguém em Brasília com quem possamos conversar?

Senti um olhar de repreensão do Marcelo ao seu auxiliar, movimento que deixou o ar da sala cheio de eletricidade. Devia ter recebido ordens diretas de não dizer nada, a menos que fosse perguntado, mas era jovem e queria mostrar sua personalidade. Gostei daquele trem. Respondi com uma frase metade verdade, metade bravata.

— Brasília come na minha mão.

9 DESCOBERTO PLANO DE PRESOS PARA EXTORQUIR PUBLICITÁRIO

("Chantagear" é melhor que "extorquir")

10 PROPINA PAGOU SILÊNCIO DE PUBLICITÁRIO

(Propina não paga, quem paga é político)

11 DESCOBERTO PUBLICITARIODUTO
(Publicitarioduto? Puta que o pariu!)
12 PUBLICITÁRIO FAZ CLAREAMENTO E PERDE PESO
(Filhos da puta!)

Antes que os três advogados fossem embora, com os pormenores definidos, as pessoas a quem ligar e tudo mais, lembrei de algo de suma importância que quase passa batido: Giovani.
— Marcelo, você se lembra de Giovani M.?
— Giovani?
— O Giovani começou comigo em Minas, na campanha do governador.
— Claro.
— Vi uma foto dele. Jantando no Rio. Tomando vinho. Comemorando um novo cliente. Bochecha rosada, pele bonita.
— Marcos, Sete Lagoas não vai ser fácil. Minha sugestão é mantermos cem por cento do foco nisso.
— Foda-se. Quero comer o cu do Giovani!
— Ele não entrou no esquema, Marcos.
— Nesse, não. Mas fez chover dinheiro em Minas, em 1998.
Marcelo me conhecia bastante bem para saber que a decisão estava tomada. Eu não ia largar de ser teimoso numa cela de cadeia depois de velho. Ele devolveu sua testa ao lugar de origem e saiu com os outros dois advogados marchando. Ficamos somente eu e Giovani, dezessete anos mais novos. Eu ainda completamente careca, antes do implante. Ele, mais magro do que vi na foto, a barba menor. Éramos amigos. Jovens, talentosos, bons para gastar dinheiro, melhores ainda para ganhar. E com a vida inteira pela frente. Chutei a cadeira e alguém ouviu. O agente que tinha me esquecido no recinto veio me conduzir à jaula outra vez, para restabelecer a ordem na República Federativa do Brasil.
Pareciam trinta anos. Mas foram apenas sete dias, sem televisão nem rádio, na sólida e segura cela de cadeia, que eu chamava de lar. Foi o tempo que levou até trazerem outros aparelhos, depois que destruí tudo a pontapés. Bombas atômicas, a tevê se chocando contra a parede lateral, os cacos de vidro

como a chuva no rio da minha infância. Tive de me foder em mais uma grana para não mencionarem o episódio no relatório da troca de guarda, porque era imprescindível manter o status de bom comportamento. Mas ver aquilo explodindo valeu cada conto de réis.

Depois dos sete dias sem televisão nem rádio, ainda estava vivo. Naquela sexta, Alina viria até mim. Valia a pena me matar só depois da visita íntima.

— Val, você tem que resolver isso!
— Isso o quê?
— Essa revista. Agora eles me apalpam toda. Tem um negro gordo, um negro gordo...
— Vou dar um jeito.
— Já não basta eu ter que vir aqui nesse inferno.
— Vou dar um jeito.
— Negro gordo!
— Senta aqui.
— Senta aqui, nada.
— O que houve?
— Começou dando errado segunda-feira. Olha o que a mulher fez com a minha unha! Vou te dizer: acho que foi macumba, mau-olhado, alguma coisa. Olha só a minha unha!

Alina esticou a mão direita, de onde saltavam unhas pintadas com a mãe de todos os esmaltes vermelhos. No dedo indicador, menor que uma farpa, vi o machucado na forma de risco. Ela prosseguiu.

— Aí, depois, deu errado o piano.
— Você comprou um piano?
— Fui obrigada.
— Meu Deus, você comprou um piano!
— Fui obrigada. Como vou aprender a tocar piano sem piano?
— ...
— Me diga como?
— Faz sentido.
— Jaelson disse que eu precisava de alguma coisa pra relaxar, que ninguém aguenta essa minha vida. Yoga é coisa de velho. Pintura, me mato antes da primeira aula. Piano é legal.

— Que Jaelson?
— O terapeuta. Já pensou, receber nossos amigos com um piano naquela sala que dá pro jardim?
Ficou me olhando como se realmente quisesse uma resposta. Mas aí, desistiu de esperar e continuou.
— Ainda não sei que música fica boa num piano, mas isso é o de menos.
— É o de menos.
— Acho que Zezé di Camargo. E tem um piano lindo, vermelho, você precisa ver. Uma pechincha.
— Está lá em casa?
— Deu errado. Eles não têm transporte pra fazenda. Só pode ser meu inferno astral.
— A gente resolve isso.
— Você jura?
— Sim.
— Resolve como?
— Mando deixar lá.
— Já pensou, eu tocando piano pra você?
— A gente resolve.
— E você, como está?
— Bem, eu estou na cadeia. Não é exatamente onde eu...
— Você acha que resolve essa coisa do piano ainda esta semana?
Alina estava com um vestido vermelho muito justo e curto, com um zíper que ia dos ossos do pescoço até a barra. Ela me chamava de Val, eu precisava ignorar isso. Os cabelos ainda estavam loiros e a pele era morena do bronzeamento artificial. Estava mais maquiada do que deveria para o horário e cheirava a perfume francês caro. Se ela me conhecesse quando eu era jovem, careca e pobre, limparia seus pés em mim.
— Mas teve outra coisa.
— O que foi?
— Deixa eu respirar antes de falar.
— O que foi?
— Sua mulher esteve na fazenda.
— ...

— Ela foi lá com a polícia.
— Remilda?
— E você tem outra mulher?
— Ex-mulher.
— Diga isso a ela.
— Ela foi fazer o que...
— Aquela gorda!
— Ela foi fazer o que...
— Gorda!
— Ela foi fazer...
— Gorda!
— Ela foi...
— Gorda!
— ...
— Me expulsou da casa! Tô dormindo num hotel!
— Calma.
— Calma porque não é você que está dormindo num hotel!

Ficamos em silêncio. Vi o ódio infantilizar os lábios de Alina, suas sobrancelhas fizeram a letra v. Tive de ser objetivo: era a minha visita íntima, comigo a dois palmos do zíper.

— Você continua no hotel pelo fim de semana. Faz umas massagens, toma um trem na piscina. Na segunda-feira mesmo, já tenho tudo arranjado. Você volta pra fazenda e o piano vermelho vai estar na sala que você quer. E se por acaso mudar de ideia e quiser o piano na merda do banheiro, na porra da cozinha ou no caralho da caixa d'água, estará lá. Tudo bem assim?
— ...
— Tudo bem assim?
— E a gorda?

Respirei fundo. Ela se deu por vencida e abriu o zíper, mas não consegui manter a ereção até o fim. Quando saiu de cima, ajeitou os cabelos devagarinho, respirou pela boca deixando escapar um assovio quase inaudível e então refez seu olhar infantilizado para perguntar:

— Seja sincero: você tem outra?

Mandei o cavalariço, que é como eu chamava o administrador, dar mais do meu dinheiro para Alina. O que é um administrador de dinheiro senão o homem que mantém os bichos em seu devido lugar? O que é dinheiro senão um monte de bichos, com apetite insaciável? Com essas questões domésticas resolvidas, eu devia ocupar minha insônia pensando em como escapar daquela jaula pra Sete Lagoas. Mas a cabeça da gente é um rio.

> 13 OPERADOR DE ESCÂNDALO COMPRA PIANO MEIA-CAUDA
> ("Meia-cauda" uma ova. De cauda mesmo!)
> 14 MULHER DE PUBLICITÁRIO BRIGA COM EX E CHAMA POLÍCIA
> (Ex de quem, analfabeto?)
> 15 PROCURADORIA PEDE POR ABSOLVIÇÃO DE PUBLICITÁRIO
> ("Pede absolvição" e não "*por* absolvição")
> 16 PUBLICITÁRIO GANHA ELOGIO DE SOCIALITE POR IMPLANTE
> (Canalhas!)

Você já abateu um porco? Dizem que a lama suja por dentro a carne do animal. Muita religião por aí não come porco, coisa do capeta, como se Deus, além de babá, fosse nutricionista. O fato é que o porco é amaldiçoado mesmo, mas não porque vive na lama, o bicho precisa se refrescar. A pele dele é grossa, tem que ser hidratada o tempo inteiro. Não há sujeira ou traço de maldade nisso, a merda não é essa. Todo mundo que já manejou marreta e faca numa pocilga sabe que o porco se vende pro coisa-ruim na hora de chorar. É o choro, o problema. Porque o barulho que o porco faz quando vai morrer não é do porco, é grito de criança. Por isso, quem mata esses bichos durante muitos anos tem a humanidade roubada. Perde a alma, como se diz na minha terra.

Eu mesmo já abati porcos: não muitos, porém. Apesar de ser bicho do mato, boa parte da minha vida de menino foi em *Belorzonti*, longe da fazenda. Não foram muitos. Mas os poucos me ensinaram bastante enquanto davam a voz ao capeta — a negrinha dizia: "o porco sabe que vai morrer porque passa um dia sem sujar as tripa, dotô. Aí ele faz o pacto, dotô".

Abater porcos me ensinou basicamente a usar a marreta como sinal de misericórdia. Depois que o bicho está 24 horas só com água na barriga, a gente lava a pele e conduz até a salinha de abate. Nessa hora você mira em cima *dozói* e dá a marretada certeira. É a única demonstração de misericórdia no processo todo, porque a partir daí ou você enfia a faca no coração ou corta a garganta pra começar a sangria e isso pode ser um problema se você tiver tremido a mão. Com a marretada bem dada, tudo bem: o bicho morre logo. Antes, deixa você com aqueles berros de criança. É a vingança, é o direito dele.

— Andei com gente grande de Minas, boa em ganhar dinheiro. Escapou porque tem família. Andei com gente grande de Brasília, boa em ganhar dinheiro igual. Escapou porque tem voto. Agora esse merda desse Giovani não tem porra nenhuma. Ele não vai escapar.

— Você devia largar essa bobagem, sô. Vai cuidar de Sete Lagoas, sô.

— Largo não, largo não.

— Onde já se viu, homem velho, pensando em se vingar de um bosta desse?

— Filho da puta, tomando vinho com celebridade! Eu sei 5 entre 10 segredos nesse Brasil varonil. Vou delatar até a Virgem Maria.

— Ô menino, você já fez esse trem e não deu em nada. Devia era ter pulado fora.

— E morrer pobre, careca, sozinho?

— Devia era ter pulado fora, Marquinho.

— Vai sangrar comigo esse merda.

— Ô Marquinho, vamo pra Sete Lagoas, sô?

— Vamos, mas esse merda sangra.

— Lá em Sete Lagoas você recebe sua mulherzinha, toma conta do seu dinheiro, vai ganhando uma redução aqui, outra ali, faz umas encomendas, pede um vinho bom...

— Eu sou lá homem de esquecer vingança?

— Vamos dormir, Marquinhos?

— Esse puto vai me conhecer agora.

— Vamos dormir, vamos dormir.

Foi uma noite longa.

Na semana seguinte, os advogados voltaram em dois: o que era jovem e Marcelo, que me chegou com aquela coisa no rosto, esticando a cara.

— Tudo o que eu podia fazer para conseguir Sete Lagoas foi feito, certo? Falamos diretamente com o mandachuva, em Brasília, e a sua transferência foi pedida. O cenário nunca foi o ideal pra você, é fato, mas está *menos* desfavorável. A popularidade da presidente escorre pelo ralo. O único que se opõe ao impeachment é Renan. Então, deve acontecer. E aí, vai ser o foco da mídia. Como você faz parte do escândalo *passado*, a situação melhorou.

— Esse trem é botox?

Havia uma boa chance, enfim, de me transferirem para Sete Lagoas. Sem revista, sem rigor, sem manchetes malfeitas. Merecia um vinho.

— E Giovani?

Foi como jogar uma granada no centro da sala. Os dois se olharam. O jovem impertinente, dessa vez, ficou calado como seu mestre mandou. Se tivesse desobedecido podia ter subido um ponto na minha avaliação. Era um escoteiro, era apenas um miserável escoteiro. Escoteiros não produzem nada, além de tédio. Morrem pobres e me frustram. Foi Marcelo quem quebrou o gelo.

— Giovani não deixou rastro.

— Como assim?

— Marcos, você precisa ser racional. Giovani esteve com você na campanha do governador em 1998 do século passado. De lá pra cá, ele fez a lição de casa. Além do mais, pelo que consta, é peixe pequeno.

— Ele tá livre.

— Mas não está rico. Pelo que vimos, tem vida comum. Cheque especial, dois carros, um ou outro imóvel. E nada no exterior. É como eu falei: pegou uma merreca e parou.

— Ele... está... livre!

— Gritar não resolve. Esquece esse pobre diabo.

Quem me vê assim, fazendo questão de vingança, tem a impressão errada. Eu saí do meio do mato, fui pegar o que é meu nesse cabaré que é o Brasil e me fiz com minhas próprias mãos. Você tinha que me conhecer antes. Tomar uma pinga comigo, tomar um vinho comigo. Eu era o rei do Piantella. Eu saía na *Caras*. Eu comia socialite. Nunca fui grosseiro, eu não sou grosseiro. Mas naquela cela, a angústia vai domando você até tirar sua vontade. Injustiça é foda.

Nunca neguei a admiração por quem sabe se matar. Umas noites pensei em me valer do cinto. Ou pedir veneno para alguém e desligar o botão. Mas morrer é difícil, já pensou cair estrebuchando com a fivela no pescoço? Enrolar a língua, ficar aleijado, bater a cabeça no cimento. Ou ainda pior: acabar na enfermaria e nas manchetes de jornal, como antes...

Entrei na cela e levei o maldito Giovani comigo outra vez. Mas enquanto ele paquerava as garotas de Ipanema, eu tinha o balanço dos agentes penitenciários para olhar. Ele bebia vinho com um bom serviço de *maître*, eu tomava no gargalo uma garrafa clandestina, enrustida junto aos livros. Ele andava pelo mundo. Eu definhava no inferno. Quem era o pobre diabo? Olhei para a parede e ali estava o Cristo torturado, com sua cruz de madeira, pendurado acima da cama. Arranquei o enfeite e olhei bem nos olhos dele. Eu era igual a todo mundo. Por que me deixar ali, no meio da praça, para execração pública?

— Você avisou, não foi? Você disse a ele com quantos centavos parar. Foi num sonho? Por um médium? Uma assombração? E por que me deixa aqui, com 37 anos, 5 meses e 6 dias de pena?

Joguei o crucifixo no chão. O objeto quicou e se espatifou na parede, amputando a perna do Cristo e um pedaço de sua cruz. Arremessei a TV nova contra a porta. Chutei garrafas de vinho. Deitei sobre os joelhos, chorando como um porco, como um porco abatido na minha infância. Um porco que todo dia recebia sua lavagem, água e vacina que, num momento qualquer da vida, intuiu, com sua intuição de porco, que aquela manhã era invulgar, como se houvesse uma placa no raiar do sol sinalizando um trem especial; e então, sem nenhuma movimentação diferente no cortiço, este porco reconheceu a hora de seu abate e compreendeu, com sua compreensão de porco, que tudo que podia fazer era gritar, gritar com a voz de criança que o cramulhão lhe deu. Este pensamento me fez olhar para as sombras que faziam figuras fantasmagóricas na cela, com um fio de esperança, a réstia de Minas Gerais que há em mim. Mas foi em vão. Não havia nenhum deus ou diabo para me acudir. Eu estava só, em meio a estilhaços daquelas coisas que um dia foram coisas inteiras, como copos, garrafas, pratos, já irreversivelmente misturadas com os ossos finos de galinha do almoço.

...

Osso gostoso. Tinha acabado de enterrar um desses, quando Giulia me chamou para o passeio. Tudo estava no seu devido lugar. Os cheiros de vento e de música, o cheiro da manhã. Todos os cheiros estavam onde se espera, porque as coisas que cheiram também estavam lá. O chão embaixo, o céu em cima, Giulia por toda a parte com as mãozinhas de iogurte, suor e sabão. As folhas balançavam ao lado, a terra dormia nas patas, a língua gemia ali, onde você sabe que fica a língua. Flores de perfumes diversos pegavam sol na varanda, com cheiros de ontem e anteontem. Gotas de mel voadoras passavam de um lado pro outro, com o seu espinho de rosa no lugar do rabo. Ficavam loucas com tanto aroma e cor, mas nunca se esqueciam de pousar na parte mais colorida, quando faziam um barulho engraçado e sumiam. Lá no céu, tufos de pelo cinza e branco me lembravam filhotinhos distraídos enquanto seguíamos pelo caminho de sempre, no sentido de sempre, na hora de sempre. Até que uma coisa apareceu fora do lugar.

Quem veio com essa coisa fora do lugar foi a Meire. E a coisa que estava fora do lugar era a sua pata. Ela tinha o pelo feioso e arrepiado e cheirava à ração velha. Mas isso tudo estava em ordem, porque era assim que ela cheirava mesmo. Só que a pata tinha desafiado a ordem. A pata tinha mordido, arranhado, latido contra a ordem. Estava torta e quando eu digo torta, não é que estivesse torta para trás, como a minha pata fica, e a sua, e a de todo mundo. Estava torta para frente. E a pata de ninguém entorta para frente. Era muito ruim ver Meire andando com aquela patinha torta, vindo com a língua de fora e o olho amassado. Ela sentia uma coisa maior do que a dor de ter uma pata dobrada para o lado errado. Ela sentia a dor de ter tido uma pata que dobrava para o lado certo e que agora estava, sabe-se lá por que, dobrada para o lado errado. O nome disso que ela sentia é tristeza.

Tristeza é estar dobrado para o lado errado, quando você sempre esteve dobrado para o lado certo.

Isso aconteceu no canil, a tristeza. Como se eu estivesse todo dobrado para o lado errado, depois de ter estado a vida inteira dobrado para o lado certo.

Quando você está dobrado para o lado errado, as coisas ficam complicadas e dificilmente voltam a ficar simples, que é o que elas eram antes de se complicar. A primeira coisa que se complica é a sua barriga. Você sabe que a sua barriga é pra onde vai a ração que você come e a água que você bebe. Todo mundo precisa ter uma barriga e é importante que ela esteja dobrada para o lado certo. Mas quando você está dobrado para o lado errado, tudo em você vai para o lado errado também. E como tudo inclui a sua barriga, a sua barriga não quer mais segurar a comida que você come nem a água que você bebe. A sua barriga só quer segurar uma quentura, que arde e deixa você sem vontade. É como se um graveto bem pontudo tivesse furado você e esse furo fosse aumentando, aumentando até transformar você no próprio furo.

Quando você está dobrado para o lado errado, os seus olhos querem ficar embaçados e querem latir. Alguma coisa mexe com o seu focinho e o ar que entra e sai acaba se dobrando para o lado errado também, sem saber mais a hora de entrar e de sair.

Eu estava dobrado para o lado errado porque Giulia sumiu. E quando você está dobrado para o lado errado, você só consegue pensar na coisa que era antes e que deixou de ser. Você só consegue pensar na coisa que entortou você.

Você acorda pensando na coisa que entortou você. Você caminha pensando na coisa que entortou você. Você come pensando na coisa que entortou você. Você vira aquilo, um buraco feito por um graveto, que engole a coisa que entortou você.

Como eu não tinha mais a Giulia comigo, tudo o que eu tinha era Giulia. Eu era um buraco enorme de graveto, cada vez maior, mais fundo, mais faminto, cheio de Giulia. E mesmo assim, ela não estava lá. Giulia era ao mesmo tempo o buraco que me engoliu e o único recheio possível. E mesmo assim, ela não estava lá.

Um dia, eu me peguei sendo o cachorro de Giulia. Não lembro de nada que tenha acontecido antes, é como se Giulia fizesse parte das coisas que sempre estiveram no mundo, como a sombra da gente. Naquele tempo, não tinha canil. Eu ficava na casa, e minha função era fazer o que todo cachorro faz: estar pronto. Sendo assim, se ela dissesse: "Martin?". Eu estava pronto. Podia ter chuva, sol, frio, calor. Eu sempre estava pronto. Bastava ela dizer: "Martin?".

Às vezes alguma coisa entortava Giulia e ela ficava triste. Eu sentia o cheiro de coisa entortada e era como se eu tivesse ouvido meu nome. Imediatamente, erguia as orelhas, eriçava o pelo e retesava as patas. Era preciso estar pronto. Até porque, quando a coisa desentortasse, Giulia ia querer brincar. É sempre assim: as pessoas precisam de muita atenção, se não vem a tristeza. Tristeza é aquela coisa que eu já expliquei o que é.

Nessa época, não tinha osso gostoso: o osso era morto. Mas era melhor, porque Giulia não ia embora. Nessa época, não tinha céu estrelado: o céu era o teto da casa. Mas era melhor, porque Giulia não ia embora. Nessa época, não tinha comer camundongo cinza. Nem matar gato ladrão. Nem revirar lixo. Mas era melhor.

Quando chegava a manhã, Giulia tinha fragrância de pano amassado e dobrinha de pescoço. Seu rosto cheirava a xampu e a boca que esteve fechada. Depois da primeira ração do dia, o cheiro dela era de hortelã, flúor, sabonete. À tarde, os aromas mudavam e caíam, baixando tanto de frequência que ela muitas vezes mergulhava num sono repentino antes de brincar. Eu tinha um certo medo de não acordar e mesmo ouvindo seu coração bater e seu focinho ressonar, preferia ficar a postos, caso Giulia se perdesse num pesadelo e não achasse o caminho. Eu teria, nesse caso, de mergulhar dentro de seus olhos por um fio de pensamento até o resgate. À noite, ela tinha um cheiro de álcool florido que me entrava pelo focinho como um passeio por uma alameda cheia daquelas folhas que voam. E quando eu ia dormir porque o dia tinha acabado, ficava esperando todos os cheiros de Giulia recomeçarem.

Mas nem sempre era tudo tão previsível. Ao longo da semana, ela vinha com alguns perfumes inesperados. Podia ser cheiro de chuva e de terça-feira. Cheiro de recreio. Cheiro de febre. Cheiro de fim de festa.

Havia também os dias especiais, que eram aqueles em que tudo tinha um cheiro especial. Giulia tinha as roupas embebidas em aroma alcóolico e muitas fragrâncias diferentes de flor tomavam os ares da casa. A cozinha cheirava tanto à ração que a fome aumentava como se eu tivesse duas barrigas.

A vida era boa, até o canil. Vieram três cachorros pequenos, filhotes, cheirando a pelo molhado, baba e leite quente. Depois eles cresceram e não ficaram mais pequenos, ficaram grandes. Um deles tomou o canil, como tem que ser, e passou a mandar em tudo. No canil, as coisas eram assim: eu tinha osso gostoso, eu tinha céu estrelado, eu tinha matar gato ladrão, eu tinha comer camundongo cinza, eu tinha revirar lixo, eu tinha furar o focinho no espinho. Mas era ruim porque Giulia não estava lá. E quanto mais ela não estivesse lá, mais ela se tornava a única coisa presente. Mais eu entortava para o lado errado, mais o graveto me furava no peito. E às vezes, por causa disso, eu chorava sozinho no canto escuro do canil.

Não foi ela quem me colocou no canil. Ela nunca me colocaria no canil. Poderia ralhar comigo, ou me bater, ou reclamar de alguma bagunça minha. Mas nunca me colocaria no canil. Ela coçava a minha barriga e pegava um pedaço da minha ração pra comer. Ela me dava uns bocados na boca e me alisava a cabeça. Ela me abraçava pelo pescoço e falava como se eu ainda fosse filhote. Por isso, nunca me colocaria no canil.

Quem me colocou lá foi o Cheiro de Charuto.

Cheiro de Charuto é um fazedor de muros. Tem um andar meio esquisito porque é muito alto e magro. E é a única pessoa dali que tem pelo no rosto. Faz uma sombra alta demais também e sempre tem uns panos pendurados no pescoço, que caem até a barriga. Porém, a maior característica do Cheiro de Charuto é cheirar a charuto. Ele chega geralmente calado, nunca demonstra alegria ao me ver. No máximo faz um carinho com a mão cheirando a charuto, café, menta, dinheiro. Mas nunca, nunca fala como se eu ainda fosse filhote. Ele é o dono de Giulia. Isso faz dele o dono de tudo que importa.

Um dia, fiquei sozinho na casa com Cheiro de Charuto. Todas as pessoas tinham saído. Não havia nada para fazer, nem o que vigiar, tampouco eu conhecia gato ladrão pra correr atrás. Já estava sem graça brincar com meu próprio rabo e nessa hora bateu a fome. Lembrei-me de que eu ainda não tinha comido e era muito curioso: quando eu não comia, sempre batia a fome. Fui até Cheiro de Charuto para pedir comida. Lati, ergui as patas, balancei o rabo, pulei. Mas Cheiro de Charuto fingiu não entender nada e me deixou ali, de olhar faminto e barriga ardendo. Cheiro de Charuto era bem capaz de me deixar sem comida nenhuma e, como era dono de tudo o que importa, devia saber que sem comida minha fome nunca ia passar.

Pois foi Cheiro de Charuto quem me botou no canil. Ele mandava em Giulia e em todos os muros daquela casa, talvez do mundo, e por isso eu fui. Ainda lembro do dia: eu estava brincando de rato alegre.

Rato alegre é uma brincadeira muito divertida que Giulia inventou. Ela pegava um rato redondo e jogava no chão. Ele pulava muito, fazia um barulho seco, tinha cheiro de borracha. Era um rato sem orelhas e sem boca e sem cara de rato. Era redondo, era alegre. Eu saía correndo o mais rápido possível pra pegar, ele era rápido, batia na parede, voltava, rolava por baixo das cadeiras. Dava certo, porque sou muito bom em pegar ratos alegres. Entregava pra Giulia e ela reagia sempre surpreendentemente: jogando em outra direção, para um lado diferente da anterior. Eu tinha que correr bem rápido, antes que rato alegre desaparecesse, ou se escondesse em algum buraco. Giulia não queria que ele fugisse. Então eu pegava e entregava de novo na mãozinha dela cheirando a giz de cera e suor. Giulia era pequena e cheirava como uma pessoa pequena, não cheirava como uma pessoa grande. Pessoas pequenas cheiram melhor. Como ela ficava feliz! Abria um grande sorriso e só não abanava o rabo porque ela não tinha rabo. Mas se tivesse, abanaria, de tão feliz que ficava. Às vezes eu estava um pouco cansado, mas, mesmo assim, brincava de rato alegre. As pessoas precisam brincar e a gente tem que cuidar das pessoas, então, eu ia correndo como um saco plástico, ou voando como gato ladrão.

Eu disse que às vezes ficava cansado, mas naquele dia, não. Ela jogou rato alegre e fui pegar, antes que ele se escondesse embaixo do sofá. No meio do caminho, derrubei alguma coisa que tinha cheiro de lágrimas e essa coisa fez um barulho muito alto ao cair. Ela, a coisa, se quebrou em várias partes pequenas, todas com o mesmo cheiro da coisa grande. Aquela coisa grande devia ser importante, porque Giulia nem quis pegar rato alegre mais. Cheiro de Água Sanitária veio lá de longe reclamando comigo. Fugi pra trás da mesinha e Giulia ficou ouvindo aquela mulher falar alto. Depois, Cheiro de Água Sanitária juntou os cacos da coisa que era grande e virou pequena e eu fiquei com Giulia sem brincar de rato alegre até a noite. Cheiro de Charuto disse a ela algo que eu não entendi e Giulia ficou muito triste no quarto. Nunca pude imaginar uma coisa assim, que, ao quebrar, pudesse quebrar Giulia também.

A casa tinha perfumes muitos marcantes. Pão, sabão, desinfetante, ovos de galinha, peixe, bebidas, essência. E aqueles cheiros salgados e azedos que as pessoas têm. Mas todos esses odores ficavam bem pequenos se Giulia ficasse triste. Quando isso acontecia, nada mais cheirava. Tudo era a tristeza de Giulia tomando conta do quarto, saindo por baixo da porta, indo preencher os cantos menores. Tomava a cozinha com suas bocarras fumegantes e vinha até onde eu estivesse, pelo focinho, através dos pelos, rasgando tudo. A única coisa que podia fazer, se isso acontecesse, era ficar ao lado do quarto esperando que ela desentortasse. Então, naquela dia, coube a mim vigiar a porta como de costume, e foi o que fiz até de noitinha, quando Cheiro de Charuto me levou pro canil.

Todos os dias de manhã, Giulia vinha brincar comigo no canil. Levava rato alegre, dava a minha comida e a minha água. De vez em quando, Cheiro de Charuto aparecia pra olhar os muros. Olhava, olhava, via que os muros ainda estavam lá e ia embora. Quando ele ia, os muros continuavam parados.

Brincar com Giulia no canil não era tão bom quanto na casa, porque uma hora ela saía e eu ficava como os muros do Cheiro de Charuto. Mas eu sabia que ela ia e voltava. Até o dia em que deixou de voltar, passando a não voltar mais. Alguma coisa tinha acontecido. Giulia não ia mais ao canil, mas eu continuava sentindo os cheiros de chiclete, shampoo, caramelo, perfume e essência floral que vinham dela. Então por que não ia mais ao canil? As pessoas precisam brincar, senão ficam tristes. É por isso que todo cachorro gosta de brincar com seu dono, pra que eles não comecem a cheirar mal. E Giulia já estava tempo demais sem rato alegre.

Foi aí que tive a ideia: dar um presente a ela. Se eu desse um presente a Giulia, talvez ela voltasse a brincar comigo como antes, quando não tinha canil. E que presente pode ser melhor que osso gostoso? Passei a enterrar osso gostoso e desenterrar toda vez que ela aparecia. Eu era muito bom na arte de enterrar e desenterrar ossos gostosos, usava as minhas patas muito bem e fazia o focinho trabalhar rápido como nunca, para não errar a localização. Sempre achava osso gostoso, sempre, mas nunca dava certo. Eu não conseguia chegar até Giulia por mais veloz que eu fosse, porque tinha um muro entre o canil e o lado de fora do canil. Se quisesse dar osso gostoso pra ela, tinha de atravessar o muro.

A esta altura, os cachorrinhos que chegaram pequenos já estavam grandes, nunca mais voltariam a ser pequenos e um deles já tinha tomado conta de todo o canil. Eles dividiam gato ladrão e me deixavam pegar rato cinza e revirar lixo. E podia também comer flores, mas comer flores machucava focinho. Machucar focinho doía e só era bom se um dia desses você quisesse sentir a dor de ter focinho machucado, que é uma das únicas maneiras de sentir que o focinho existe e ainda está no mesmo lugar, que é na ponta da cara. Mesmo os outros cachorros estando grandes, maiores do que eu, eu podia enterrar osso gostoso porque cada um de nós tinha o seu osso gostoso. Isso não era problema. Só seria problema se todos tivéssemos apenas um osso gostoso pra dividir. O que era problema, e era um grande problema, era passar pelo muro. Muro você não consegue passar pelo meio. Esse é o problema do muro. Eu já tinha tentado e nunca dá certo. Gato ladrão conseguia pular, mas eu falhei. Então tive a ideia de cavar por baixo.

Eu e você podemos fazer muitas coisas com nosso tempo. Temos muitas possibilidades de escolha. Mas as pessoas não. As pessoas fazem apenas uma coisa por toda a vida: levantar muros. Giulia é diferente porque é minha dona. Ela cheira diferente. Ela fala diferente. Ela se move de um jeito completamente diferente. Ela faz muitas coisas porque não é uma pessoa comum, é a minha dona. Mas tirando ela, todas as pessoas são iguais. É por isso que fazem muros. Elas sabem que são iguais e não gostam de ver a cara delas no corpo de outro. Eu entendo que deve ser difícil ver mais alguém andando por aí com uma cara igual a sua. Para que isso não aconteça, as pessoas fazem muros. É como as plantas. As plantas não precisam de nome porque todas elas são iguais. Umas têm cheiro mais puxado pra açúcar, outros cheiram a orvalho e menta, outras têm aquele cheirinho noturno. Mas, deixando esses pequenos perfumes de lado, as plantas são iguaizinhas, servem apenas para você fazer xixi nelas e machucar seu focinho no espinho. De modo que elas não precisam ter nome, a não ser que você queira exercitar sua capacidade de pôr nomes nas coisas. As pessoas também não precisam ter nomes, basta classificar pelo cheiro que têm. As pessoas fazem muros e depois se orgulham dos muros que fizeram. Tanto que, em seguida, fazem mais muros e acabam sem ver os muros que fizeram primeiro. Mas nada disso adianta, porque elas sabem que por trás daqueles muros, tem alguém andando com a mesma cara que a sua. As pessoas são muito tristes.

Você pode pensar que cavar por baixo de um muro dá certo, e eu entendo você, mas posso garantir que cavar por baixo daquele muro não resolvia. Porque aquele muro era muito grande, ia até o final de tudo. Foi um muro feito com muito cuidado pra não ver a cara de ninguém. De modo que eu nunca ia terminar de cavar. Aposto que você não sabia disso, que o muro ia até o final de tudo. Mas aquele ia. Eu precisava passar pro outro lado e não tinha como. Fiz um buraco que não deu em nada e ainda apanhei. Porém, depois de apanhar, descobri uma coisa impressionante: as pessoas usam um ferro pra abrir a porta do muro. Basta você ficar nas duas patas e mexer no ferro. Esse ferro só abre com baba. Você tem que botar a boca cheia de baba, o ferro desliza e a porta abre. Isso é impressionante, e eu precisei descobrir uma coisa assim, impressionante, para passar pelo muro.

Deixei osso gostoso enterrado perto da portinha. Giulia estaria no carro. Então a ideia era essa: fazer o ferro deslizar, pegar osso gostoso, passar para o outro lado bem na hora que Giulia estivesse ali. Neste momento, eu daria o presente pra ela e talvez voltasse a morar na casa. Ou pelo menos ela iria me ver todos os dias no canil. Alguma coisa boa ia acontecer, era só eu não errar a ordem: primeiro fazer ferro deslizar, depois pegar osso gostoso. Era não errar a ordem.

Quando o céu ficou claro, começou o cheiro de café, pão e ovo de galinha. Eu sabia que era a hora. Deslizei ferro com a boca cheia de baba, peguei osso gostoso e fui pro outro lado, passando pelo muro. Deu certo! Deu certo!

Mas Giulia não estava no carro, nem o carro estava lá. Andei pra um lado e pro outro e achei melhor não voltar ao canil, porque ouvi barulho de pessoas. Elas iam me trancar de todo jeito e talvez nunca mais eu visse Giulia. Fiquei com medo disso e saí correndo com toda a velocidade do mundo. Fugi pela rua, atravessei muretas de plantas e fiquei escondido onde a terra tinha seu pelo mais alto. Ainda podia sentir o cheiro da casa toda, de modo que era melhor esperar até o outro dia pra dar osso gostoso a Giulia.

Foi muito ruim dormir ali longe, estava sem ração nem água, mas dava pra aguentar. Só que, nesta noite, senti que Cheiro de Charuto estava andando ao redor. Ele fazia muito barulho e tinha luzes saindo da mão e vinha com outras pessoas que cheiravam a queijo e palavrão. Eu me escondi o melhor que pude e Cheiro de Charuto não me achou. Se tivesse me visto, teria me colocado no canil. Eu tinha medo dele e fiquei com muita vontade de nunca mais ver Cheiro de Charuto, mas eu sabia que era impossível. Ele era o dono de tudo o que importa.

Na frente da casa havia uma árvore gigantesca, paciente, que tinha uma sombra igualmente grande. Sua barriga era cheia de nós. Suas patas traseiras eram duras e musculosas, fincadas no chão. Suas patas da frente vinham com folhas crocantes que saíam da extremidade e ficavam sempre apontadas para o céu. Por toda parte brotavam cheiros de ferrão e de antena. Na parte mais alta da folhagem, músicos voadores se jogavam de ponta-cabeça, batendo suas asinhas e cantando pra fazer as flores rirem. Um dia, Cheiro de Charuto matou a árvore. Ela estava, como sempre, parada no mesmo lugar e não fugiu. Deixou ser atingida por umas coisas que não conheço e foi agonizando até cair. No lugar, Cheiro de Charuto colocou duas plantas sem graça, que vinham sem nós na barriga, nem paciência, nem músicos voadores nos galhos, e faziam uma sombra alta como a dele. As patas dessas plantas eram esmirradas e retas, junto com as folhas, que pareciam rabos pontudos. Eu tentei avisar às recém-chegadas, mas elas, estranhamente, não fugiram mesmo depois do ocorrido com a anterior. Era por isso que eu tinha medo de Cheiro de Charuto. Se ele tinha coragem de matar aquela árvore, que não fez nada, só ficava vigiando a frente da casa, podia muito bem me matar, logo eu, que fazia, de vez em quando, uma bagunça.

Depois daquela noite da fuga, o dia ficou claro e veio o cheiro de sol preguiçoso da manhã. Eu saí pra ver Giulia aparecer no carro. Osso gostoso ainda estava comigo e repassei na cabeça exatamente o que eu precisava fazer. Chegar do lado e dar o presente. Se ela ficasse feliz, ia me abraçar pelo pescoço, beijar minha cabeça e falar como se eu ainda fosse filhote. Eu ainda não sabia o que ela ia fazer com osso gostoso. Podia ser que quisesse brincar com ele, ou podia ser que roesse, que enterrasse em algum lugar. Ou ainda que escolhesse levar pra cama e ficar arranhando para ouvir o barulho engraçado que ele faz quando a gente passa a unha. Qualquer coisa que ela fizesse seria boa, porque tudo que Giulia fazia era bom. Ela era a minha dona. E eu só queria a chance de voltar a vigiar o seu quarto como antigamente, antes de eu morar no canil.

O carro finalmente apareceu. Senti o fedor de fumaça e, com um pouco de concentração, percebi que tinha cheiro de pessoas dentro, de modo que não era o carro sozinho, sem pessoas, que estava ali fazendo aquele rugido todo. Saí dos arbustos em direção ao cheiro das pessoas, na altura da porta onde Giulia sempre ficava, mas quando cheguei perto, não senti o seu perfume. Quem estava lá era Cheiro de Charuto, ele me viu e chamou meu nome. Martin! Martin!

Saí correndo muito rápido, mais que rato cinza, mais que gato ladrão. No meio do caminho, ao passar por um arbusto, deixei cair osso gostoso e nunca mais achei. Fiquei muito triste. Era o presente de Giulia e agora estava tudo perdido. Sem saber o que fazer, transpirando, me escondi atrás de um poste. Nenhum cheiro conhecido, nenhuma ideia, nenhuma perspectiva de encontrar Giulia novamente. Só me restou me deitar no chão e chorar. Uivei. Sem lua, nem resposta.

Quando o sol chegou de novo, eu estava fraco de fome e sede. Vi uma sombra gostosa e decidi me deitar por lá, era embaixo de um daqueles postes da cabeça curva. Já tinha visto aquilo, costumava estar no caminho, quando Giulia me guiava ao redor da casa, nos bons tempos de passeio. Ela me conduzia com o abraço magro da coleira, rindo, cheirando a gratidão e sorrisos.

Quando a gente é filhote aprende a marcar território. Isso é uma coisa tão natural que parece que todo mundo nasce sabendo, como perseguir o próprio rabo pra ver se aquilo que está balançando faz parte do corpo. É como beber água. Do mesmo jeito que ninguém ensina você a botar a língua no pote e deixar aquela coisa fresca umedecer a garganta, ninguém avisa da importância de marcar território. Você simplesmente vai lá e espalha seu cheiro pelo caminho, tendo o maior cuidado de dividir os jatos de xixi no percurso. Inclusive, isso pode ser um problema, quando no impulso de fazer a coisa certa, você calcula errado e falta na reta final. Mas o fato é que você passa um bom tempo da vida pensando dessa maneira, isto é, fazendo aquilo sem pensar de maneira nenhuma. Marcando o território porque é uma ordem das coisas estabelecidas. Você só descobre o verdadeiro sentido daquilo quando fica velho e essa percepção também vem de uma maneira natural, sem que haja aviso, sem que ninguém sequer lhe aconselhe sobre o assunto. Só com o avançar da idade você entende que, na verdade, não se trata de marcar o território. E sim de marcar o seu dono. Avisar aos outros quem é o seu dono. Anunciar sua presença.

Quem aparecesse ali saberia que aquele pedaço de terra era propriedade de Giulia, ainda que fosse preciso lembrar disso a cada manhã, quando o cheiro se esquecia de cheirar. Eu era apenas uma parte dela, como o focinho ou os olhos. Eu era um pelo de Giulia. Uma pata de Giulia. O rabo, os dentes, as garras dela. Uma gota de sua baba. Um rosnado da sua angústia, a sua vigília, o seu uivo, o seu latido. Ela era a minha dona, a minha vida, a minha vontade. E como não podia gritar esta alegria aos quatro cantos, delimitava a área que lhe pertencia no mundo, a cada planta, a cada muro e naquele poste com formato de orelha.

3

Barulho de orelhão tocando. Foi assim que amanheceu o dia lá em casa. Não que houvesse algum apito de telefone. Era o meu relógio interno, segundos antes da mãe aparecer no quarto. Aquele despertador na cabeça levando os melhores momentos de sono, que são os que antecedem o despertar. Odiava isso, essa espécie de roubo.

Todo dia era assim. A mãe vinha e abria as cortinas com o mesmo dulcíssimo movimento de mão, da esquerda para a direita. A cortina estalava com aquele ruído de folha seca. Ela desligava o ventilador e deixava a porta aberta, fazendo neste gesto uma ameaça tácita: "ou você levanta logo, ou posso voltar e chamá-lo de novo". Eu observava o teatro cotidiano de olhos fechados, na odiosa sensação de consciência antecipada. Não gostava de acordar cedo para a escola, ninguém gosta. O que eu teria perdido com os segundos roubados? Uma iluminação, uma descoberta? Ou a queda do alto de um prédio? E se já não bastasse o ritual de abrir a janela, interromper o torcicolo do ventilador, deixar a porta resmungando; se já não bastasse isso, agora a mãe ainda apontava aquela lanterna direto na minha cara?

Neste momento, ao abrir os olhos à força, me dei conta de que estava em outro lugar. Não no meu quarto da adolescência, sem as feições tão conhecidas da minha mãe, com seu cheiro, gestos, olhar, mas um homem vestido de branco, com barbas igualmente brancas e o rosto enrugado de quem viveu mal.

Nunca fui religioso, a não ser no desespero. Quando Giulia ficou doente ainda pequena, por exemplo; aquela tinha sido uma bela ocasião para temer a Deus. Antes disso, na infância, era comum confrontar cada pesadelo com uma oração. Mas, um dia, os pesadelos desistem da gente. E o que sobra da religiosidade fica reservado às vésperas de algum desastre. Eu mesmo recorria a um deus possível, vez ou outra, quando secretamente enviava o pedido ao Além, de forma oportunista e improvisada, arriscando um Pai-Nosso durante o banho.

Mesmo não crendo, estava ali: o homem de barba branca, olhando para mim, enquanto eu tentava expulsar pontinhos luminosos da vista. Como nunca tive muito repertório religioso, não posso dizer que esperava algo diferente do Céu. Mas, por senso comum, não imaginei encontrar aquele ambiente hospitalar, paredes brancas, uma maca, material de escritório. Espere... não podia ser o paraíso: havia uma maçã mordida estampando o computador sobre a mesa.

— *Señor Giovani?*

— Onde estou? — perguntei em português. Ele seguiu falando em espanhol.

— Você está na emergência do aeroporto Adolfo Suárez, de Madrid-Barajas. Sente-se bem?

— Sim, estou bem.

— O senhor estava muito agitado enquanto dormia.

— Há quanto tempo estou aqui?

— Há cerca de... há exatamente quarenta e três minutos.

— Pode me dar água?

Como quem chega de viagem, meu cérebro se assentava lentamente sobre o crânio. Descobri um desconforto na bacia. Por reflexo, pus a mão em cima.

— O senhor caiu no aeroporto. O que é perfeitamente natural depois dos eventos traumáticos de hoje.

— Eu caí?

— Sim. Compreensível.

— E o avião...

No mesmo instante que a palavra avião saía de minha boca, ressurgia a chegada estabanada no aeroporto, o desastre aéreo, as pessoas mortas, a cigana.

— Alguém ligou pra minha mulher?

— Preferimos esperar o senhor acordar.

Precisava fazer aquilo imediatamente. Todos deviam estar muito preocupados, afinal, o que seria de suas vidas sem mim? Formulei tão fortemente esta pergunta que quase dei palavras a ela. O que seria de minha mulher, de minha filha, dos negócios sem mim? O que seria dos clientes, do contador, do advogado, do gerente do banco, da moça na recepção do edifício, que sorria ao me ver, todos os dias? O que seria do caseiro, do pobre coitado que lava meus carros, do homem que apara minha barba, do garoto que engraxa meus sapatos? O que seria dos prédios esculpidos em aço e vidro que existem só para que eu me veja neles, o que seriam das cidades, que me servem de cenário e pretexto? Porém, mal concatenei o pensamento e o médico já me interrompeu com alguma coisa de ordem prática.

— Deixe-me checar sua pressão.
— Você disse que eu estava agitado (agora falávamos ambos em espanhol).
— Era como se algum sonho lhe perturbasse.
— Sim, um sonho...
— Vamos colocar isto no seu braço...
— Um sonho desagradável. Sem avião, nem acidente. Como se minha visão fosse preenchida por um novelo. Eu tinha de fazer força com a parte interna dos olhos para as linhas desobstruírem a vista. Sabe quando você faz força com a parte interna dos olhos?
— Certo, um novelo...

Calei a boca. O médico estava hipnotizado pelo trabalho manual que fazia e precisava me ignorar. Enquanto ele realizava o procedimento, o que sonhei inundava minha consciência lentamente, como um livro que estivesse fechado por anos e revelasse ao leitor, ao abri-lo muito perto do rosto, camadas empilhadas de mofo, ácaro, velhice; e que trouxesse também o mesmo perfume que se usava nos pulsos ao encerrar o volume na biblioteca.

Eu via minha mulher, Zélia. Ou melhor: uma Zélia amordaçada. Para ela, o fato de eu ter tomado conta de tudo não a fazia livre, e sim, refém. Zélia era uma pessoa interrompida. Por isso mesmo, estaria no meu velório radiante! Bem disposta, linda, coordenando todas as etapas — da coroa de flores até o descer do caixão. Consolaria meus familiares distantes, dissimularia junto à turma do escritório.

De manhã cedo, ela faria as ligações, pedindo que umas pessoas passassem adiante. A notícia do meu enterro ganharia o mercado publicitário. O pessoal do escritório ligaria para o gabinete dos políticos. Para meus clientes, uma mensagem via mala-direta. Para os jornais, um santinho onde eu era chamado de "amado esposo" (e para ganhar o título de "amado esposo" você tem que estar morto). Foi uma coisa bonita ver Zélia aliviada e tranquila, pensando nas segundas-feiras. Diante da irrevogabilidade da minha ausência, ela estaria de novo como a conheci.

Minha mulher se misturava com a empregada, que já não era a silenciosa e dócil mucama que me servira o café dias atrás, ao contrário. Ela me odiava. E com aquele ódio revigorante, curtido dentro de uma panela por muito tempo, aquele ódio capaz de edificar coisas. A empregada iria ao meu enterro vingada, um riso secreto de canto de boca, na certeza de que foi seu mau-olhado que me matou.

O sonho era longo. Eu via também minha filha Giulia. Mas não a que conheço. Era uma estranha me olhando com um certo constrangimento físico — como os funcionários de uma empresa que emudecem quando o patrão chega. Ela não dedicaria o seu curso de direito ao pai, porque nem sequer seria advogada. Ao invés do amigo/mentor, eu era uma espécie de antítese do que ela queria para a vida, de tal modo que somente a minha ausência poderia nos reconciliar. Comigo morto, minha filha me veria como um homem bom ao passar dos anos. Ela tentaria enxergar minhas verdades, minhas perspectivas. Era a minha ausência, portanto, a única coisa concreta capaz de me levar de volta até Giulia. Morrer salva sua biografia.

No enterro, ela estaria com o melhor vestido, o melhor sapato, perfumada. Deixaria uma lágrima, mas não por tristeza. Pelo desperdício. Eu era isso: um desperdício.

Vi, ainda, meu ex-sócio, que está preso, e o cachorro labrador da família, que fugiu há meses, cada qual em sua prisão — uma feita de grades, outra de amor. Queriam minha morte com tanta força, os dentes tão trincados, que poderiam pilotar um avião em direção ao desastre com o pensamento. Eles faltariam ao meu velório, mas estariam felizes ao saber das pás de terra, das flores, do luto. A terra é burocrata, mas o verme ama o que faz.

Um punhado de imagens, momentos, segredos desagrupados e reagrupados ao dispor infantil de um gato; e agora revelando a mim uma sensação indescritível de liberdade.

Neste instante, fui forçado a relembrar do Kafka achado no avião. Descobri, de repente, que a metamorfose do livro não acontecia no personagem principal. Era a família dele que se transformava! Longe de sua presença, eles podiam encontrar um caminho. Era isso. O sorriso, não consegui esconder.

O médico continuava no serviço de aferir a pressão e nem sequer reparou que eu não era apenas um braço estendido. Ao terminar, desenrolou o elástico, pôs a bomba sobre a mesa e desandou a falar com a voz de quem acabava de entrar na sala.

— Muito bem, senhor Giovani. O senhor teve apenas um pico de estresse provocado pelo trauma, por toda essa confusão que foi o dia de hoje. Na verdade, o senhor tem muita sorte de não ter embarcado no avião que... bem, digamos, se acidentou. Agora, precisamos considerar um pequeno probleminha.

— Que probleminha?

— Não foi possível marcar outro voo porque o sistema não reconhece mesmo que o senhor está vivo.

— ...

— Podemos dar um jeito, mas isso teria de ficar entre nós.

— Como assim?

— Eu poderia embarcá-lo com outro nome. É um procedimento extraoficial, que faria excepcionalmente para resolver seu problema.

— Com outro nome?

— Sim. Eu conseguiria uns documentos, apenas para evitar embaraços. Todo mundo da companhia se faz de morto, quer dizer, perdão pela colocação infame; todo mundo da companhia finge que não vê. Uma vez no Brasil, será mais fácil provar que o senhor está vivo.

— Entendo.

— Bem... isso teria um custo.

Demorei alguns instantes para sentir o cheiro. Mas enfim, ele subiu como uma cobra do nariz para o cérebro e me fez reconhecer com precisão: era um pedido de suborno.

— Um custo?

— Sim. Negociamos aqui e o senhor terá seu embarque no próximo voo que sai em... 47 minutos.

Assenti com a cabeça. O Sistema finalmente resolvia o meu problema do único jeito que conseguia fazer: usando seus telefones sem fio. Falamos então sobre dinheiro, porque o médico espanhol era barato e eu, brasileiro demais para me enojar. Depois, ele surgiu com uma última questão sem resposta.

— Qual nome devo colocar na sua nova identidade?

Pensei em perguntar que alcunha tinham usado para me registrar na sala de emergência, se é que havia algum problema com Giovani, nome de um cadáver, para preencher a ficha. Mas nada disse. Fucei por sobre os ombros do doutor os formulários que jaziam em sua mesa e, embaixo de vários papéis sem pedigree, localizei aquele que parecia ser o registro da minha entrada. Estava bem ali o que tanto queria, no canto superior do arquivo. Sem o devido ângulo, porém, só o que pude ler foi a primeira letra.

A letra L de Lázaro.

AGRADECIMENTOS

Este livro não existiria sem a paciência de quem doou seu tempo a um autor debutante. Mesmo grato, por falha de caráter ou memória, sei que vou esquecer de algum nome. Minimizo a desfeita escolhendo aqui bons representantes, nesta mensagem de agradecimento: Ana Carla, Anuxa, Bia Saraiva, Carlos Fialho, Carol Crozara, João César, Léo Ventura, Lucílio Barbosa, Marlos Ápyus, Maria Regina, Monaliza de Figueredo, Natália Leão e Patrício Jr. Meu abraço especial a Antônio Xerxenesky, Rodrigo Levino e Simone Paulino. Obrigado por me empurrarem para frente.

© Editora NÓS, 2019

Direção editorial SIMONE PAULINO
Editora assistente LUISA TIEPPO
Assistente editorial JOYCE ALMEIDA
Projeto gráfico BLOCO GRÁFICO
Assistente de design FELIPE REGIS, NATHALIA NAVARRO
Revisão JORGE RIBEIRO

Dados Internacionais de Catalogação na Publicação (CIP)
de acordo com ISBD

S243d
    Saraiva, João
    O dia em que morri em um desastre aéreo: João Saraiva
    São Paulo: Editora Nós, 2019
    120 pp.

ISBN 978-85-69020-49-3

1. Literatura brasileira 2. Romance I. Título

2019-2038   CDD 869.89923
     CDU 821.134.3(81)-31

Elaborado por Vagner Rodolfo da Silva – CRB-8/9410

Índices para catálogo sistemático:
1. Literatura brasileira: Romance 869.89923
2. Literatura brasileira: Romance 821.134.3(81)-31

Todos os direitos desta edição
reservados à Editora NÓS
www.editoranos.com.br

Fontes LYON, SKY
Papel PÓLEN SOFT 80 g/m²
Impressão IMPRENSA DA FÉ